우리가 뿔을 가졌을 때

천년의시 0108

우리가 뿔을 가졌을 때

1판 1쇄 펴낸날 2020년 6월 10일
지은이 이선외
펴낸이 이재무
책임편집 차성환
편집디자인 민성돈, 장덕진
펴낸곳 (주)천년의시작
등록번호 제301-2012-033호
등록일자 2006년 1월 10일
주소 (03132) 서울시 종로구 삼일대로32길 36 운현신화타워 502호
전화 02-723-8668
팩스 02-723-8630
홈페이지 www.poempoem.com
이메일 poemsijak@hanmail.net

ISBN 978-89-6021-489-7
    978-89-6021-105-6 04810(세트)

값 10,000원

우리가 뿔을 가졌을 때

이 선 외 시 집

천년의
시작

불행하게 죽은
초현실주의 예술가들과
행복하게 죽은
아나키스트들에게 바친다

차 례

시인의 말

제1부 형제에게

형제에게

살아있는 형제여
싸늘해진다.
나의 피는 붉음을 저버렸다.
나는 내가 버린 혈관 속을 방황한다.

휘어진, 화살표투성이, 이(蝨),
이 엉망으로 뭉뚱그려진 거리의
모퉁이에서 형제여
은색 핀을 눌러주렴.

세계가 그 상한 피를
마음껏 토해 내도록.

북향집에서 잡은 손

나의귀를울린괘종소리는
나의안에서적어도세갈래이상으로조각이난다
귀에서입으로내려온종소리여럿중에서가장단단한것은
이제막흔들리기시작한이빨하나를기르고있다.
이빨밑의저수통이새고있다
어둠이조르르조르르내안으로흘러들어온다
무엇인가로막아야할텐데가진게없다
주먹만한크기의저구멍이보인다
팔을집어넣자내게팔이있었지
엇!차가워
움찔하는순간회색하늘을향해반쯤열려있던창으로
뱀처럼스르르범람하여넘어오는것이뵌다
—여기 이걸로……
쉰 목소리도 함께
팔이다! 털북숭이의 손등 팔!
내 정면 벽에서 디룽거린다
머리칼 속에서 회색 바람이 인다.
털북숭이의 손등과 팔을 헤치고 가르마를 만들며 간다
나는 침착하게 이 놀랍고 우직한 어떤 외팔을
소나무 숲인 양 바라보다 창 너머로 물렸다
귓속에서 다시 꺼내 보곤 한다.

걸음걸이의 단층면

계단 아래 기인 지하철의 붉은 스타킹 속으로 들어가면 점토 공작실의 코르셋마다 철컥철컥 신음처럼 눈두덩이 부어오른 검고 착실한 웃음소리들이 휘감겨 온다—사이로 로댕의 손이 유리창을 뚫고 뜨겁게 돋아 나와선 내 붉은 혓바닥을 끌어내어 레몬 장수에게 넘긴다. 또 아침이다—수도꼭지 젖꼭지에서 줄무늬가 아름다운 밤의 표정이 흐르는 개울가에 고여 하낫! 둘! 하낫! 둘! 마거리트는 치마를 치켜들고—화살에 감긴 연둣빛 발목으로—그 위에 기왓장, 그 위에 머리칼, 그 위에 수학 선생, 그 위에 안경, 그 위에 귀가 두서너 개, 흩어진 공간좌표…… 나는 자전거를 탄 집배원에게서 하아얀 인상착의서를 한 장을 건네받고 만다…… 이 시대의 사람이 아니잖아. 전세기前世紀로 전화를 걸고 싶은데 몇 번을 돌리면 되는 거지? 안달의 무릎을 가진 아틀리에가 허위의 돌쩌귀를 문지르고 있는데 검은 목소리는 퍼져 오르며 출렁이는 비릿한 하늘가에서 소녀가 발을 잠그려고 한다. 까치발을 딛고 선 가녀린 모세혈관—참고 열람실, 물사마귀의 윗도리가 혼자서 히죽 웃고 있는 곁으로 피곤한 어깨의 변증법은 등줄기가 매끄러운 긴장한 샌들을 신고서 하이얀 차림의 외출 시각을 자르고 있다.—그때 나의 사랑은 레일 위에 나가 눕고 기차는 당나귀처럼 껑충거리고 팻말 가까이에선 나비들이 아침 7시를 뽑아내고 있다.

뺨을 떼어낸 구보驅步

추울 땐 이렇게

네 투박한 가슴과 겁먹은 손놀림 뒤로 어두운 영지에 들어가 본 다음.

겨울의 확실한 발치 위에서 얼어붙은 뺨을 떼어낸 구보를 시작해야지!

허리춤에서 한껏 으깨어진 검은 조각배의 생채기는 삶의 단서를 찾고 있다.

없다 없다 없다 없다…… 앙상한 폐벽에 스타카토가 실린 주술만 매달리고

천리, 낮은 첼로 음, 스프링클러, 다이얼을 넘어서.

Oral Test와 움직일 수 없는 회의파派들.

찢어버린 운명의 넝마를 헤치고, 반대쪽 환풍기를 거쳐, 꿈의 진창에 헤쳐 모여!

벌린 네 입을 재떨이로 써서 안 될 게 뭐냐, 지구인?

그러나 네 이마가 종달새의 아랫도리마냥 판득이며 솟구치는 봄을 동반할 때

불을 켠 내 심장의 역엔 3000계系 특급特急이 와 멎는다.

주먹 쥔 네 손가락 사이로 지빠귀의 속삭임이 새어 나오고……

난 회오리바람 짙은 초록 줄기를 날라와

자꾸만 펄럭이는 네 커튼 자락을 잡아매어 본다. 그리고 달린다.

산의 이름을 붙인 너의 어깨에 발아래로 떨어진 지하 수맥의 도랑이 흐르고 있다.

$Ep = mgh$, 나의 HURON호湖! 어둠이 내리는 네 검은 눈. 커다란.

아아 나는 네 복잡한 기관실에서 미아가 된다.

머리핀을 사고 벽화를 보러 감

보숭보숭 솜털이 덮인 보수적인 창고에서 나는 태어났다.
뻬쩨르부르그행 열차 창의 그 인상적인 방진防塵고무와 꼭 같은
　얼굴의 소년, 모닥불,
　남은 행복을 모닥불에 그을리면서
　그녀의 가슴은 온통 선로투성이가 되고
　북극의 연기가 밀려다니면
　우린 거기다 뜨거운 교각을 세우고
　검은 머리숱을 드리운다.
　60년간의 자맥질
　너의 손은 만灣이 깊은 나의 해안에 닿아있고……
　테가 메워지지 않은 네 얼굴
　노란 안개를 바위로 누르지 말아야 한다, 필리쁘브나!
　그녀의 두 눈엔 하얀 해안선의 파도가 옮아가는데
　삶이란 이미 삶아진 달걀이다.
　다운타운에서는 무릎 나온 메시지들이 기하학적인 형이상
학의 손잡이를 불태우면서
　유령처럼 자유로운 사랑의 자세를 찾아가고 있다. 지금쯤
　봉숭아의 씨앗처럼 깨끗한 울음을 터뜨릴 수 있는 은밀의
버섯이 있다면

정신과 육체와의 사이가 좋은 밤의 갈피에다
검은색이 들여다뵈는 투명한 망토를 입힐 텐데

참호塹壕 속에서

화사한 계절의 엉치뼈마다
부화不和의 심장들이 빨갛게 돋아나고
말을 탄 채 초롱초롱들
흑단의 숲속으로 질주해 가는
검은 만찬 위를 일렁이는 인어회人魚膾.
잠든 도망자의 꿈이 다시 술렁거리며
흔들리는 지진계
향락의 자가품이 어둠을 밝히고
심해를 향한 여행 가방에
비둘기의 우울증 처방을 찢어버릴 때
옛날에 데쳐진 메기의 이마엔
선홍색 깃발의 작명소가 일어난다
콧수염 기른 코스모스 길에서
돌림노래 부르는 초라니의 꿈은 초라한 바람을 거느리고
무표정한 밀랍빛 세기를 부축해 간다.
열사熱砂에 파묻힌 손가락의 숲을 지나
내 정맥을 따라가서 말없이 죽은 자들
같은 생각을 하는 빛나는 제비 떼가
어두운 나침반의 팔을 들어 옮겨 놓고 있다.

말할 수 없다

　하얀 메리야스의 메카와 흙 속에서 솟아오른 햇빛을 알아
낸 나의 눈빛에 봄이 아롱댄다. 거기 보석이 태어나 쌓인다.
알프스의 기저귀 그리고 살풋 절인 채소와 빵을 먹고 싶은 욕
망의 야트막한 울타리에 알프스를 꿈꾼 아침의 소녀의 언제
어디서나 죽어버렸음 상관없는 정갈한 가랑이가 버릇없이 걸
쳐진 아침, 머리를 뒤로 젖히고 난 웃는다. 3분만요. 이것 좀
갖다 놓구요…… 나는 뛰어나왔지만…… 누가 날 기다린단
말인가…… 난 터벅거린다. 내 영혼의 머리칼이 들어선 골목
엔 골목 모양의 수줍은 악수가 없다. 건널목에 이르면 기막
힌 푸른 응시가 나의 다가감을 허락하지 않는다…… 광장에
서 처형당한 아버지의 실내화를 신고 잠옷 바람으로 나는 나
의 거리를 진행한다. 꿈속에서 리본으로 표해 두고 온 지하
광장 쪽을 향해, 무지무지하게 큰 흙손이 나의 팔에서 싹터
나온다. 나는 검은 리본을 들어내고 아래층으로 빠져 내려갔
다. 여러 개 갈망의 온도계가 녹아든 불룩한 모퉁이가 블라
우스처럼 열린 곳, 난 가까이 간다. 어릴 때 우릴 버린 아버
지의 가슴을 찾는다. 잠시, 따뜻한 땀에 절은 몰두 속에서 난
미리 내일의 나에게 두 발의 권총을 쏘았다.

달리는 열차에서 난간으로 나올 때

헤어지기 싫다 그치?…… 갯마을로 싼 도시락의 도드라진 불꽃과 불꽃 과채의 떡잎에 싸인 도시 모퉁이의 경련적인 하루. 경계선과 수평선의 저쪽에 친 회색 체크의 노신사를 내 시야에서 철수하지 말자 응? 카페 〈부산커피〉에서의 오전 10시 그 맞은편 정면에 나있는 노란 방의 문을 밀치면 목욕실을 비껴가는 나와 나의 명석한 연적이 마주칠 것이다. Evaporating of Rose Milan, 779, 774, 775, 776, 776, 776, 773, 775…… 기적의 부황을 뚫고 그 밤 기차에 그 애의 추억이 골목처럼 내 앞에 돋아 나왔어. 성숙한 기다림의 콩깍지와 함께 수초에 휘감긴 인어계곡의 수중민란처럼 8호차 16, 15, 14호석의 너그럽고 뻣뻣한 팔에 안겨…… 내 하품을 훔쳐간 북쪽 하늘은 들국화빛 나염 공장이다. 더 이상 애잔함의 라이터는 켜지지 않는다. 조바심도 그 목소리도 싫었었는데 붉은 크레파스로 흔들리는 유리창에 주인공과 애인의 얼굴을 그렸다. 난간에는 가슴이 터질 듯한 바람이 몰려 있고 그 소용돌이 가운데 나의 볼을 비비는 너의 不在만이 서늘하게 팔을 벌린다. 너의 부재不在와의 포옹, 776, 778, 772, 773, 779, 779, 775, 777, 777…… 난간 밖, 속도의 맑음 가운데서 내 가쁜 숨을 꿰어 되던져 올리는 길쭉한 팔들, 연초록 ㅅ(시옷), 살찐 나뭇가지들의 격류激流! 내 눈을 가득히 메운 푸른 바지를 입은 무수한 금잉어 떼들!

파스텔로 칠해진 채굴採掘

넘치는 장미 덩굴과 까마득히 담이 높은 집들의 상수도 공사 준비 위원들과의 마주침 그리고 **빼앗긴** 아버지와 도랑에서 비굴하지 않은 마음 삶아지지 않는 겨울 하늘의 벼랑에서 떼어진 뗀석기의 깊은 퇴적층이 내 마음의 깃 **빠진** 돌쩌귀에 꽂혀 자유의 담석膽石이 자라고 있다. (뭉게클뭉게클로하게 뭉클게) 준비 위원석으로 올라가는 비탈길에서 키스, 몸서리치며 낙엽이 우리를 보고 뭉클거리다 잠시 후 가만히 매달린다. 담장에 휘파람의 탯줄이 엉켜있는 냄새나는 마을에서 파편이 떨어져 내리며 다이너마이트를 터뜨리는 광산 할아버지의 고함 소리에 섞어 우리는 돌 비탈에서 진한 고민의 진귀한 서캐 덩이를 주웠다. 선명한 광맥에 단단히 싸인 것, 그리고 아버지와 도랑에서 나눈 도시락

웃고 싶은 우산

　발코니를 나와 햇빛 가운데서
　빛과 속삭임에 대한 내 어제의 치기稚氣 어린 야생심리를
펴본다. 벽장 속에서 머리를 풀어헤친 미메시스가 번득이다
사라진다. 진지한 방향에서 내 감상채집기感傷採集紀를 버티
고 있던 고인돌이 함몰되었다. 팔꿈치를 포함한 육체의 반쪽
에서 팔꿈치를 철회한 것은 오후 6시 회색 정원가에서 어린
도마뱀이 우리의 비밀을 엿듣다 죽은 것에 대한 내 왼쪽 뒷
다리의 제스처다. 내 우울의 밝은 방목장에서 피어난 수북
한 황혼의 수모를 위하여, 절단기에 걸쳐진 빗방울과 빛 방
울 그리고 빛 방울의 침대를 위하여, 고물상을 덮치려는 어
떤 여인의 눈사태를 위하여, 푸른 나비의 금빛 Paranoia을 위
하여, 따블로를 가로지른 우산은 발톱으로 검은 웃음을 낚아
챈다. 웃음이 발톱에서 출발하여 12개의 허벅지를 거슬러 아
래쪽으로 처박히듯 뽑힌 갈비뼈를 타고 오를 때까지 밤은 아
직 와선 안 된다.

양식장

연못 속의 물고기는 사람을 기른다.

175cm 72kg의 거대한 바퀴벌레 널 대접하고 싶은데……
평범하지 않은 방식으로. 내일 아침 8시 5분 전쯤 직경 4mm
가량의 가냘픈 습관의 전선으로부터 널 해방시켜 주마. 스카
이라인만은 먹지 않고 고스란히 발라내는 곤충들이 시간의
입방체를 콜라주하고 있는 황혼 녘, 뜯겨 나간 풍차간을 메
우고 있는 내 허벅지에서 제비꽃 내음이 시동 걸리고 있다.

찜찔하게 변질되어 가는 이론 구절판에서 미래의 영광이
뒤집어 눕혀지고 성숙한 앨리스가 지킬 박사에게 실내화를
먹이고 사라진다. 모두가 모두에게 말한다 등장인물 모두(集)
라고. 그러곤 모두가 달음박질치기 시작했다.

침침하고 질편거리는 주름진 코의 터널 저쪽으로 국경 관
리 법안의 통과는 짐짓 과속을 과장했으나 실효를 거두진 못
했다. 네 안의 카스피해 그 고개 너머의 커피해, 해결책이 없
는 헤드라이트와 눈을 꼭 감고 나는 계속 나아갈 수밖에 없
었다.

Clair Voyance

　대형 옥편 Ulysses 속에서, 방도 아닌 어떤 배경이 흐린 날
의 들머리에서, 수당 대군隨唐大君의 대열 속으로 휩쓸리면
서, 낯익은 오자 정정誤字訂正의 붉은색 연필 글씨에 조용히
미소를 주면서 깼다. 숨 막힌 이미지 포지션의 거리가 단열
팽창으로 부풀어가더니 폭넓게 찢어져 들어왔다. 방 안으로
뛰어내린 다섯 명의 창愴의 사람이 다가와 나의 머리를 치켜
빗기기 시작한다. 스포티한 욕망의 스타일로 주근깨가 죽어
간다. 〈노상路上에서〉 대大혁대 Owner Driving 전방엔 햇빛
과 바람의 웃음소리의 소용돌이 de temps en temps, 다시 질
주 속의 아틀란티스의 질주, 무녀들처럼 웃지를 않는 백미러
를 보고 난 웃었다. 새벽의 통찰 로베르토 마타식式 삽화 정
신이 내 맘 속에서 번개진다. 둥글게! lady left glue lisa left!

고독한 아침의 Rayogram

　명랑한 침몰선 〈이해理解〉, 고뇌 함량 94%의 밤을 지나 겨울 아침의 따뜻한 겨드랑이를 펼치고 버스를 탄다. 변두리 안개의 벽으로 지어진 제재소에 이르러서야 갈색 몸부림이 켜진다. 두 그루 주전자의 줄넘기를 넘어 황량한 갯벌을 향한 한 소녀의 만세 소리! 어제는 도시 한가운데의 3층 섬에서 만 레이의 사진집을 훔쳤다. 대상이 없는 어리광은 열정의 질병 또는 햇빛과 사물에게 향한다. 주위엔 그것밖에 없으니까 피도 포성도 없는 부드러운 살신성인의 거리를 나는 연두색 병거지를 쓰고 돌아다닌다. 고요만이 살아 숨 쉬는 이 거리, 나는 햇빛의 주름치마에 얼굴을 비빈다. 갇혔던 내 기밀機密이 녹아 흐른다. 향기로운 붉은 경수經水.

석문石門을 향해 빨리 걷기

주로 하늘

논문

칼라 전문의

위胃

외자

좌측통행 무시

삐끗해진 마음

철책

검은 손수건만 한

자부심

자르르

천진스런 머리

간판처럼 나붙여진

세상의 내벽內壁으로

보니까 애인의 안경이

단풍나무에 커다랗게 위험하게

부풀려진 손끝

상象

"헐리고 없더라"

농아학교

고본古本
하얀색 엄마와
어제의 빛에 싸인
황당한 환기창같이
새로운 소녀는 검은
바위에 발가락을 잘라 말려
두곤 햇빛 속을 항상 다닌다
고슴도치란 이름
참
"안됐어"
"예쁘잖아"
종소리를 짚고
최신형 발전기가
바닷말처럼
구겨진 하늘로 날아간다
내 이마에 꽁무니로
연기를 그리며
중세中世의 어둠이
살짝 스친다 스쳐
본다.

석문을 향해
나는 걷는다
하얗게 속이 마른
표주박 같은 대기가
별을
이 대낮에
꼭 누르고 있다.
조각전이 열린 자리가
절반쯤 누운 모든
경사진 아스팔트가
나를 걷게 한다.
형태 중심의
부인이 빛나는
물뿌리개의 팔이
돼버린 오후엔

진정한 산책은
구름처럼 걷다가 돌아오지 않는 것

결석계

열지 말라고 했잖아 그건 화장품 통 뚜껑이 아니란 말야 직경 아니 반경 1m인 우물 속에서 달팽이 몸처럼 물기둥이 기어 나와서 내 허리를 휘어 감고 지하수층으로 내려갈 때 난 아직 동물계의 훌라후프를 자르지 못했어. 패랭이꽃이 육교처럼 버티고 서서 내 가슴을 심문하는데 오른쪽 date가 있어서 수천 mb의 기압골을 몰고 난 매 일요일 여기 굴뚝쥐의 배꼽을 찾았어 죽고 싶어서 그러나 그럴 수 있어? 참새들도 국수를 자시는 판인데 낄낄거리는 피에타는 어찌하오리까 공고리즘은 유대를 공고히 하는 것 같아서 말이야 모든 메이크업에 l'accent aigu를 붙여야지 도레미파솔라시도라솔파미레도시라 아아 몸을 흔들거리는 마이크 테스팅 너 참 오래간만이군 계절이 바뀌면 이것 좀 꺾어 가줘 내 목에선 항상 튤립이 무성히 자라 눈을 가려서 앞을 볼 수가 없어서 아 청동제 동지同志여 musique concrète에 맞춰 맨손체졸 하기로 하자 계속하는 곳은 개성인가 속초인가 바다가 자꾸 내게 묻는다 "들어가도 돼요, 선생님?" "예" 여기 빈 페이지 한번 무성하구나

무녀가 되고파

내가 너에게 멋진 걸 보여 줄게.
내 손을 검사해. 자, 비었지?
내 브래지어도, 팬티 속도…… 자, 보렴.
나에겐 정말 아무것도 없단다.
등 뒤의 **빽**은 더더욱 없지

시장에 가니 아무것도 살 것이 없고
학교에 가도 아무것도 배울 게 없네
식당에 가면 먹을 게 없고
일터에 가도 남은 일이 없어
그러니 나는 죽어 마땅하지?

나를 심어 봐
죽은 내게 수읠랑 입히지 말고
구덩이에 세워서 나를 묻고서
물뿌리개로 물을 뿌리고
마른 수건을 덮어줘
여서이레쯤 잠을 자고 나면
무슨 싹이 나올지 알아맞혀 봐

왜냐하면 나는 지금 와들와들 떨리거든
종아리 아래 발치로 묵직한 기운이 몰리고
쟁쟁 꽹과리 소리 멀리서 들려와
모두들 멈춰봐
나 지금 몹시 떨리거든

시를 쓸 때.

실내악, 김 쏘인 수첩에서

수컷들은 웃음
직한 덩굴 속
한 팔 내민 갈대 뿌리로
의자를 만들고
초대 손님은 도착 전이다

자동차 대신
아침마다 도착하는
배 한 척만 있다면
하늘도 그만큼 실을 수 있는데
뱃전을 긁는 고양이 발끝에서
와락 들불 붙어 흘러가는 배
어스름한 상상 속의 살강 위를 누비며
오래 고와 따뜻한 청포묵을 끌어안고
익어가는 곰팡이와
시루 위의 보자기와
라디오를 듣는
라프카디오

두레상에 올려진 만찬

김 쏘인 수첩 또는

이불 속에서

　　　　방울뱀은 이슬 게우고

나비로

　　깨

　　　　어

　　　　　난

　　　　　　다

나의 약력

카데보르드 프발모르카!

너무 짧은가? 그렇다면 당신은 귀여운 염소 새끼다. 하얀 석탄 마을의 하얀 사탄 마을 그러니까 똥이나 먹어라. 꿀 먹은 벙어리야 이건 마지막 편지다 꿀과 똥이 알맞게 비벼지도록 sur in the next letter 당신의 부재와 죽음과 곡두를 향하여 나는 빛나고 있다. 현실의 숨통을 막아라. 그 순대를 탄탄하게 살찌워 장엄하게 터뜨리자 우리의 임무는 그곳에서 제1캠프를 친다. 광란의 오늘 밤과 곽란의 내일 밤 나는 꼭 세 번 죽었으나 네 번 이상 깼다. 그리하여 지금 이렇게 살아있다. 세계라는 이 구역질 나는 겹저고리가 나를 숨구멍으로 하여 뒤집힐 것이다. 바로 그때 나는 이 소용돌이 짙은 생명의 뒤켠으로 사라지겠다.

제2부 반수중시半水中詩

기다림

그는 젊은 채로 죽었다.
돌무더기 틈에 끼인 햇빛처럼 무너진 것
오늘 아니면 내일
손가락을 빨고 있는 주근깨 여인
신신新新 고물상古物商을 먹을 차례다

연습곡

슈릴마안기시란나버름기래파피아명
벼니츄시듀선바런키예농선다와위도
카와위로망수기가만가처숩분이리모
프새프새까항이쪼그리고리무의랑유
그로운외요음율영것마영다다린기가
링기가를수에대곤서빈칸무수한히줌
알어스케넛에추들인다우룬계묘소근
잔규호비랑그보출퍼렁붓다폼소스이
중겨랍토카타푸가피콧뜨기침본피아
니시모몸모꿀라르미코얀트로이카D
라별띤똔뚜르 Ⅱ 를위한드릴슬히예바
니고누비차치랑이미퓨모시안그기닌
샤라구파펴린소랭마임슈란머헤차마
름다워퍼트스트라운비양음이래이렁
세냐크로스비사이아이원소디핀사이
드너니차애메리덴인소시다름다쥬쉘
터게네랑이러만샨도슈뿌리에인기침
인듯비에타추믈까진조부앗서다울겨
터짐나코크박크사이나유리포미토미
그물소리파떠름사보라를소바라수드

라야마니떠림지고말바하잉게만큼샤
와보아기외명눈오스비에자보리아모
리아마리아우리아강겨람펴리피초케
나리코수로베야기소마니고쿠시머치
사토퍼리오계무주반베로기소스에서
븐파르코시로하이고몬시머셔너미에
고크시케스퍼마킹술무로요스새프구
니파어소서페그래비아펜사이모메지
칸래비앙추가명무치린천규비양음은
그리운에멜무지아먀멸창비오쥬른베
르당크의사노비뽀랑보라와흑지엔카
휘미렁달크리나모먼군군바에하나연
메얼지켓치호리지렌케포라오란크사
헤비랍고코소나비가기오린네누마롱
쉬크메나빌네동네도와리까폐류공그
르기새또좎기쉼미으멘으마타리부신
비채손들숭나토민구나케키라화로앙
데낄라팀바알랑들곤중마북죽헤투리

바군대히스랑그린대아미캐머시노모

키그야비헤코상미라구수미시오랑깅
소메말숙쿠요새에지블조군귀사닥쿠
우예피리필튼기묘란기삽토니나모모
미구사이펜사이드니너차소그발르그
레음에비비시히갈기공쇠부라이눈더
필꼭치당새두기락카랍비여며린도설
메아쥬포송구창교데콘베오후햇대비
며착꽈넷수아록연집패신탄고리미새
종담문우이붕셋벼솟농아이름이명아
주이얀할토동말걸고락십진병달시물
가엎드리고분홍시는둥드아학낄지이
쉬부모랭라틀다페시노모무무문무무
바에소성수목브란칼미오쇠구밧테말
라산코코키푸피파비피웃어봐미식여
강네버강지도영공양주유복설성과명
동길탱가리소리탱카리소리탱기리소
리리이초초처치키티미우메손고치준
츄키명고단교파이히린소크리나명교
헹카띤모리아티까호레이렛가단따단
완저구소라져린채히린옆비우수선뽀

테이코프렝솔그프갈시차미초재혜라
식생동지지토바거리수렁겍실뚝길타
의범미깬슐얼구우베버어닛뚜단영기
기기기란시버이송아첼켈로초촤촬리
이프에당도수무수반히무스고료회나
리제나이장구르는구본호달크린하사
달시새갈그효포깅오멩가이고쿠메로
옆차이낀네버강도시의수리별고쿵기
흑지엔카에멜무지페베니빈슈불라바
그브토보로복미비더버와봤던번그브
사바라밤도볼아바서벌주부리비야뱌
정거경거정거경거경거정거가상이똑
버른살헤이힌소쇼수쇼소랭마임수란

연습곡 · 애인들을 위한 시계 · 찬물 속의 작은 태양의
집 · −6℃ · 숨은 방 · 6℃ · 손잡이 · 다리 · 마비

후각嗅覺과 착석한 모티브의 화원

푸른 빗줄기가 귓속의 창고에 거꾸로 쌓이던 날, 돌아가는 길에서 뛰어가다 카페 출입문의 손잡이에 걸려 홱 자字로 넘어지고. 걸쭉한 햇빛은 롤러 붕대가 되어 내 눈동자를 겹겹이 감싼다.

확대경 앞에서 관목 숲을 기르는 염소를 보고 강낭콩이 오랜 밧줄에서 풀려난다.

그러면서 도저히 이 좁은 살수대첩에서 나는 마구 펄럭여요. 송곳 같은 날개를 달고 날다가 인도人道에선 버스랑 똑같은 속도로 굴러버린다. 어두운 규소질을 향해 하얀 사내가 낯선 구두창을 핥고 있을 때 과장된 제스처로 노크 소리에 끼워지는 내 턱뼈들

다시 변기로 가득 찬 관에서 일어나 널브러진 무대엘 오르면 참새들이 한참

뜨거운 식사를 하고 있는데. "아빠, 나 그 관광 회사 봉투에 들어가고 싶어요."

그 아저씬 삽시간 야채처럼 웃으며, 오랜 연륜의 수업 속에서 맑은 어항을 내민다. 난 싫지 않았지만 두 다리를 아무렇게나 팽개치고 새로운 환몽을 찾아 오른쪽에서 쉬고 있는 우울을 잠 깨운다.

보도블록 위에서 스테인드글라스를 그리던 고양인 종종걸

음을 배우는 저녁마다 수북한 서랍 곁에 가서 길다란 눈물을 튕기는데 얼마나 쉬원하다구. 난 그 옆에서 내 모든 실핏줄을 잘라 일년생 초본의 싱싱한 줄기에다 옮겨 심는다.

내 생명—우아한, 윤회를 그친 미련 없는 흙더미와 함께. 발등에 검은 종유석이 꾸벅 잠긴다. "아 도저히 생각이 안 나요. 당신의 송화기에 물을 한 컵 부어주세요." 난 목을 축인다. 그제서야 자리바꿈에 여념이 없는 버스 속. 사람들의 팔꿈치. 하늘과 땅을 다시 한번 결혼시켜야 하지 않겠느냐고. 바쁘다.

그래 하얀 손가락이 열띤 이마를 서너 개 짚어보면 내 두개골은 풍금처럼 펴져서 정에 찌든 멍청한 숲을 썰어낸다. 여기서도 넥타이를 졸라맨 허여멀건 세상

버리고, 2차선을 달려오는 도미의 꿈은 사진관이다. 고스란한 희망, 요염한 빛깔의 새파란 개새끼. 국물, 사랑하는 사람의 오해를 쟁취하기 위해 나는 산다. 만나보지 못한 금단의 향기로 가득 찬 지옥을 그리자…… 정열가들. 반짝이는 햇빛에다 조를 표해 놓고 시로코 열풍 속으로 잘라나가 마호가니빛 제 얼굴을 잊어가는 캄캄한 부름켜 사이에서 냇물은 조약돌의 위경련에 시달리고. 접혔다 일어서는 잘린 옆구리로 바깥 구경을 나온 어릴 적에 먹던 연유煉乳 속에 흔적도 없

이 박박 풀려 있는 (사위)²한 날. 수만 안테나가 한 점을 향해 기울어가고, 흰칠한 혐오감이 벽에 스며들면서 "뒷모습까진 내게 책임 없어!"

밤새 상냥한 스카치테이프에 쫓겨 온 들녘을 다 헤매며 잤어요. 당신의 하얀 뇌진탕이 부서지는 해안가 벼랑 위에다 집을 지었어요. 항상 내 뒷덜미로만 통과하며 밤새 이슬을 맞을 뿐인 망막 위에 잎새가 다 된 당신이 아침 식량 노출된 도르래 ½을 뱉으며 다가서다. 웃는 렌즈에 기댄 머리칼 사이 my plan and play 새침하다. 문이 열리면서 아가를 낳은 전복의 다리에 쥐가 내리면서 은은한 하늘에 은 스푼 하나가 떨구어지면서 실뭉치에 엉킨 얼굴은? 잘 발라내야지. 아 줄줄이 바둑판에 나가 누운 나의 크샤나, 하얀 구름이 제 가슴의 두꺼운 앞 솔기를 트고 일곱 빛깔의 내장을 꺼내 던진다. 그게 바로 나일까.

수탉의 나라에 갔을 때

이문로里門路에서 수탉은 4와 15분의 샘에 빠졌다. 그날도 이른 아침을 불러놓고서 정신의 고기압대를 빠져나와 〈마테오 고프릴러〉와 불안의 기둥서방을 망가뜨렸다. 기쁘다. 나는 걸으면서 이 거리의 유년 시대를 찾는다. 골목마다 이렇게도 시시하고 나약한 기분이 집히다니…… 싫어 싫어, 홍옥 홍옥 밀감! 하지만 거머리처럼 서로를 붙들고 있는 믿음의 색조가 뚜렷한 꿈을 꾸었다. 인생을 일구어 조정하는 모든 것이 너무나 허술하게 손에 들어온 것 같기도 하고, 그는 fingering이 서툴다. '툴' 자는 튼튼해서 그 가운데 내 마음의 간판이 세워져 있다. 이상하다. 모든 결정적인 것은 존재의 측면에 자리잡고 있다. 수분에 대한 욕심이 많은 빈대떡의 반죽이 프라이팬에서 뒤집어 눕기를 배우고 있을 때처럼 내 속에 감추어진 얇은 늪지대가 아침 시각을 굼뜨게 만드는 모습을 이야기했다. 나의 한쪽 팔은 늪의 응시 속에 먹혀 버리고 무릎이 꿇어져 있던 미확인의 청각의 함지 속에 나머지 부분마저 미련 없이 관입되기를 기다렸다. 조망이 황량하기가 처음 맛본 탄산수의 소개처럼 청량하던 그곳은 키 큰 그 사람이 좋아하던 곳이기도 해야 할 것이다. 보고 싶다. 그러나 만나고 싶진 않고 보고 싶어, 그런 방식으로 영원히 만나고 싶다.

모든 사물에 부딪치는 나의 입맞춤이 모든 방향과 시간에 대한 정조를 찢어버렸을 때 우리들 연애의 어두운 계단이 햇빛 가운데로 당당히 어깨를 펴고 나와 선다. 자유와 미로에 대한 이 맑은 탐색은 수초보다 부드러운 내 팔의 방향, 사랑에게서 독특하고 평화로운 미래를 약속받은 것도 아닌데 흔들리는 팔은 왜 아무도 몰래 평범한 날에 이렇게 비밀스런 기쁨을 감지하는 것인가? 땀에 젖은 사랑의 교과서를 펴고 그 책상 앞에 가 앉고 싶다.

쉬르리얼리스트 Meret Oppenheim의 그림이랑 시를 보았다. 그리고 아이들과 뒷동산에서 9월과 잠자리의 알 낳는 소리를 보았다. 그리고 4개월 정도 된 갓 임신한 젊은 여성이 운동장을 가로지르는 모습을 봤다. 그리고 나는 그늘에서 모든 것을 포용하고픈 기지개를 켰다. 내게 금단은 사라졌다. 구속감 같은 것도. 돌아가는 길에 유리컵을 하나 사겠다. 국화를 사서 투명하게 물에 잠긴 귀여운 줄기를 물어주겠다. 교훈적인 밤, 밤 냄새가 나는 저녁 바람, 나는 갑자기 시커매진다. 한 줌의 그을음이 돼버린 나는 방문을 열고 들어가 쓰러져 버린다. 어떻게 일어날 수 있을까. 가늘게 단속적으로 이어지는 의식의 단편만이 나의 동질성을 이어가고 있는 메마른 시간이 방 안에 가득하다. 나는 불안하고 동시에 알지 못한 심연이 내 몸 속으로 기어드는 느낌 때문에 견딜 수 없이 안정을 향해 몸부림을 친다. 그러곤 평소엔 감춰두었던 결벽증이 움튼다. 이 공기 속에서 모든 먼지를 철회하고 싶다. 먼지 속에서 먼지를 닦는다. 닦는다. 먼지는 대충 사라지고 먼지적인 것만이 끼어있다. 이것이 바로 먼지. 모든 시간의 세로줄 무늬 속에. 그렇다면 세로줄 무늬로 가로대를 걸쳐놓고 높이뛰기를 해야지. Joyce Mansour의 그로테스크를 만나고 싶다. 그보다도 그로테스크를 넘어 평화가 곳곳의 구석구석에 깃든 무사기한 정원을 갖고 싶다. 내 마음엔 언제나 평화는 유보되고 그로테스크를 향한 원망만이 비틀어져 널려 있다. 시체 냄새가 은은히 배어있는 음향이 끊임없이 들려온다. 이제 내 마음을 떠받치는 확실한 침묵은 없어져 버렸다. 고개를 못 가누는 어린애처럼 끊임없이 수렁으로만 밀려가는 나의 마음을 가눌 수가 없다. 그 소용돌이 가운데로 차례로 언뜻언뜻 지나가는 명함판 일상, 그 사진을 향해 뻗은 나팔 소리는 휘어져 꼬여버리고 나는 다시 끓는 팥죽의 소용돌이 속에 녹아 물러나 버렸다. 아득히.

그러곤 아무런 준비도 결말도 없이 그러나

무엇에 대하여서인지 단단히 맘을 먹고 일어났다.

주註 62-63

아가씨,「퇴역장군」한 잔 줘. 너무 거품 없게. 거친 식사를 알지 못하고 꼭 1시간 전에 도착해 본댔자 아무도 그의 윗수염을 폭포수 위에 갖다 놓고 희박해진 침착성의 쌍둥이를 안고 깡충깡충 뛰어 거리를 가로지르는 여인을 뚫어지게 바라보는 일은 없이 시작됐다. 물끄러미 짧고 빽빽한 젊은 광장은 궁지에 몰린 아이처럼 어느 산의 코안경에 악착같이 매달려 있을 것이다. 광채의 계산과 빈틈의 귀부인은 늘 그렇듯이 알뜰한 페시미스트와 현기증의 정원에서 불거진 감지덕지한 무릎을 하얀색으로 조아리고 소용돌이의 팔을 잡은 채 밀리고 밀리면서 여물어간다. 로타리의 수선 속에서 잃어버린 그들, 이담에 나만의 아버지를 낳아서 절대로 내가 가져야지 흥분한 파슬리는 천진한 증권 상인을 꽃피웠는데도 엄청나게 어리석은 일을 잘한다. 지긋지긋한 손금 장수는 잠시 후에 걸어다닐 것이다. 얼떨떨한 크림색 뒤로 신사의 주저는 벽돌의 미련의 종렬에 가깝게 끼워졌음 했다. 옆구리에 우리는 드리워져 햇빛에 바짝 달라붙을 참이었다. 냉정한 인사와 뚱뚱한 버지니아의 길들임, 일요일은 빨래판 위에서 갸륵하게 할딱일 참이다. 바위로 턱을 괸 일가족이 성체배수聖體拜受의 뒷짐을 실컷 맛본다는 소문이 순대 장수 줄리앙 소렐의 진열대를 향해 일어섰다. 특히 그 미소, 옷 입은 여자는 유도

아닌 훌륭한 파렴치를 파김치로 메꾸어 나간다면 3개월이 못
돼서 바닥이 날 것이 빤한 때문에 모든 사람들이 일정한 각도
로 머릴 숙이면서 시간의 굴다리를 긁고 지나간 통로는 쥐 죽
은 듯 고요하다. 진돗개의 창자가 흐르는 도랑에서 세 발짝
만 비키면 공교롭게도 그녀의 집[62]이다. 좀 조용히 커피가 판
결의 두레박을 내리러 온 것 같지 않소? 퇴색한 소란스런 운
명이 물처럼 빨대처럼 부족한 도취감에서 깨어났을 때 갈채
의 배가 거기서부터 쇼팽의 곡을 치며 느린 목구멍소리를 차
지한 그 꽉 찬 방을 발랐다. 투명성의 타성이 살과 뼈가 없는
생도들을 사양한 것은 모든 어두운 발성부를 밝히는 등대에
서 천안삼거리를 노래하려는 안타까움밖엔 아니다. 칼처럼
꽂힌 오라토리오의 명절에 육체의 무기력한 고백을 피하고
있다는 정당화될 수 없는 신앙의 팽이가 멈추기를 소원하지
말라 변압기에서 세계는 뭐하는 거지? 빨리 내려오지 않구.
호리호리한 공지에선 신중이 명해졌다. 내가 식사를 잔뜩 한
다면 배고픔을 잃겠지. Taboo의 옷솔로 다듬어지지 않은 어
떤 잠시 동안의 인생 너 미쳤구나 이웃 탁자엔 차림새 말쑥한
불행이 당번을 맡고 놀고 있다. 유모의 휴일과 식모의 휴일
이 중첩되는 날 12쌍의 갈비뼈와 어린 시절의 고향의 느티나
무 등걸과의 만남을 위하여 나는 단추[63]를 연다

반수중시 半水中詩

　아주 좋아요 아주 조여요 아주 조숙해요 아주 조심해요…… 수족관을 나온 잉어 마담은 마담 보바리를 찾아간다.
　우리들 사이에 비상구가 필요해요. 세상이 참 불편하군요. 제랄드네 제라늄은 올핸 아주 형편 없더군요. 무엇보다도 훔칠 수가 있어야죠. 아주 망해요. 추억이란 것도 그래요. 따지고 보면 되물릴 수가 없거든요. 냄새 나는 배꼽에 제라늄을 한 송이 살짝 올려놨댔자 10분이 안 가서 시들고 말 테니 그 향기의 진원을 도려내기란 불가능한 것일까요? 글쎄 내 말을 들으세요. 손금을 흘러가는 보이지 않는 운명의 배려를 가로막아 득 볼 게 뭐겠어요 기가 막힌 건 잡지 하수구의 투고란에 내시고 그 나머지 걸러지지 않는 생이가래들은 우리들의 팔뚝을 일구는 봇물에 넣어도 탈은 없지요. 게다가 귀엽잖아요. 그들은 누움뱅이로 일생을 살거든요. 내가 누움뱅이였을 때가 생각나서 혼자 웃을 때가 가끔 있어요. 어느 날 내 파트너가 춤을 추자고 했을 때 난 너무 놀라서 일어났는데 그 바람에 파트너가 넘어져 버렸어요. 2년 만의 하루인데 그만 30초도 못 누리고 다시 누움뱅이가 돼버린 그가 가엾어서 나는 그의 눈물로 범벅된 얼굴 위에 엎드려 입 맞춰주지 않을 수가 없었어요. 우린 그만 무거워서 물 아래로 잠겨지더니 이렇게 근사하게 형편이 펴지더군요. 그맘때를 생각

하면 아찔한 게 현기증이 나요. 반쯤 잠긴 수면 위에 우리를
노획해 가려는 수많은 시간의 투망이 바로 우리 곁에서 찰랑
대고 있었음을 며칠 전에야 알아냈으니까요

그토록 $\frac{1}{10^{22}}$에 대한 응답

제한 시간 $3\frac{1}{2}$초. **너**도밤나무에 물리학자의 수염이 땋아 늘여져 있는데 저녁 종소리는 **참**새잡이 고무총에서 벌벌 떨며 나와서 지랄의 저녁 거품과 어울린다. 내게 있어 너희들은 벌써 죽어있으니까! **당**당거리지 말 것! 그건 현실의 모든 로고스와 맞서 펜싱을 시작할 태아의 배내옷의 한쪽 팔이 완성된 것에 불과할 테니까. 웃음의 크로켓에 도톨도톨한 **빵**가루를 묻혀 줘서 고맙수. 확신의 **돌**쩌귀는 원래 4개였을 뿐이었지, 그러나 균열이 번져간 2시의 스코어 차이는 콜드게임의 역전패가 나뭇잎에서 붙어 나는 것관 문제가 다르다. 돌절구 가까이의 **하**루는 023시간이니까. 귀한 동식물과 광물의 가치를 가르치기도 전에 자료 창고에선 수선화의 체온이 식어버릴 것이다. 아름다운 유치장의 도와리! **구**린내 지독한 운명의 주사위는 어머니의 왼쪽에서 반칙셈에 구구단을 끼워 깁고 있다. 오 **나**팔관의 붕괴 가운데 계시는구만! 내일 날씨 맑음 맑음!

바르지 않은 보꾹에서 누군가를 내려다보며

불안으로 끓어오른 꽃봉오리 × 넓적한 4 × 현상액의 파도와의 곱을 구한 지워지지 않는 들창코의 마음을 껴안은 팔꿈치에서 어두운 날의 한 사람의 연애가 신문을 폈다. 들창 안쪽으로 내밀어진 활화산의 분투가 접힌 오후의 천렵을 따라 미지의 동물인 글라디올러스가 검정투성이의 화물열차를 움직인다. 바알밭 땀을 흘리면서 움직인 모두를 향해 나아간다. 먹다 만 스프 그릇의 역驛 옆에서 소지품의 세탁을 위해 더 빨리 쉬어 버린 쉰 명의 사람을 그 분명한 쉰내만으로 빛나는 맨살의 탑을 당겨내자. 밤에만 일어서는 밤의 강둑의, 말 안 듣는 강둑을 닮은 삼십 분 동안……

터널 안의 노숙 보고서

1.

문을 열어요! 안티푸라민을 바른 삽주꽃 속에 미나리아재비가 왜 들어왔지? 삽을 내놔. 그곳을 파버리게. 순간적인 눈물이야 참을 수 있지 맹송그레한 인생보다는…… 꽃다발의 줄기를 타고 떨어지는 로켓폭탄의 미래를 위해 축배를 든다면 나는 메뚜기의 다리를 구워 먹던 가을 들판을 파이처럼 자르는 거인의 허리를 돌이켜 생각하지 눈을 비비는 토끼의 손이 나의 아침을 깨우던 화단가에서 많이도 앉아서 노랠 익혔지 우는 여인은 폭포보다 아름다운 거미류에 속한다는 말이지. 나의 나라에 보내줘, 땀에 절은 혁혁한 대진표를 향해 내 기도드려 줄게 당신은 두레박으로 커피를 마셔요. 어지럼증을 지키는 순라꾼이 되어 꿈의 몰약이 물씬거리는 강 냄새를 이끌고 우물가로 몰려오겠어요. 나에겐 피뢰침이 없지 그래서 벼락을 좋아하지. 나의 팔 속에 대신 체셔 고양이가 우글거린다. 새끼를 낳고 새끼를 배고 잠을 자지 않고 설치는 굴욕 속에 날이 새면 이슬이 단박에 쉬어버릴 테니까 오랜 오랏줄로 배설구를 막아 하늘에 매다는 힘이 얻어지는 것이다.

2.

나는 손끝부터 발끝까지 쭈욱 펴 늘인 채 필름 속에 감겨 웃고 있는데 세 개의 별과 하나의 다리가 엉켜있는 무지개의 속살을 떠내고 거기 검은 고약을 넣지 않겠어요? 우리들의 어두운 시대를 잊지 않도록……! 고장이 난 달빛 아래 누워 노래를 부르는 사람이었지요. 다음 날엔 물에 빠진 육체 위에 창백하게 손을 내젓는 가냘픈 영혼. 구르는 송이버섯의 동네에서는 송장 가사와 송로 장수가 줄지어 있지. 고무신을 파는 가게는 눈에 띄게 보이지 않았다. 돌아 나가는 길은 망각의 길이니까 우리의 뒤통수에 대롱을 달아 거기에 황화수은을 바르면 어제를 비추는 거울이 될 테지…… 오, 지당하신 말씀. 당신의 정신의 각도 여하에 따라 프리즘의 종류가 다르게 태어나겠지요. 굴속처럼 어두운 나의 내일은 혼자서만 빛을 내며 타들어 가버리는 버찌의 맛을 지니게 되겠지만 만년설에 덮인 성性의 터널을 어떻게 하면 빠져나갈 수 있죠? 나는 또 하나의 무덤 속에 있는 것만 같아요.

3.

840916-17

산그늘과 계곡, 웃음소리와 발자국이 모두 제복을 입었다. 체념을 굳히지도 못한 60명의 소녀들이 강가로 나가 한 줄로 섰다.

하아얀 죽음의 약속이 다섯 알씩 소풍에서 막 돌아온 분홍색 손바닥에 떨구어졌다.

점잖은 아이들이었지만, 받아 쥐곤 모두 울음을 터뜨렸다,

—얘들아, 우리 죽으면 모두 친하게 지내자!

한 알씩 입속으로 넣고 깨물었다.

영계靈界의 영양제는 원기소 냄새를 내며 목을 따라 안으로 들어간다. 물로 뒤를 밀었다.

그러곤 물이 자작한 강가 자갈밭에 물러앉아 기다린다. 점령의 시간을.

아직 아무렇지도 않다.

검은 물잠자리 한 쌍이 어느 물가에서부턴가 아른거린다.

마주친 친구의 눈빛들이 창백해져 간다.

어둠 속에 보오얗게

들리지 않는 노랫소리가 안개처럼 강의 배꼽으로, 소녀들의 어깨 위로 차오른다.

이제 산 그림자가 60명 소녀들의 머리채를 한 묶음의 볏단처럼 묶을 차례다.

4.

압壓! 얍!

그날의 빛나는 기만을 홀로 앞질러 와있는 나는 청춘의 지능과 감각의 안쪽에서 자물쇠를 걸고 싶다.

5.

손바닥을 펴니까 별이 가득해요. 당신이 쥐어준 게 과자인 줄 알았는데. 아몬드나 모르핀류의 수많은 수릿과에 속하는 조류들의 침대 위에서 독버섯들의 야회가 무르익어 가는 원인 모를 종루 위에서 내가 그것을 폈을 때 마법의 거미와 함께 빛나는 것은. 보고 싶은 그댄 영원히 나타나지 말기를 바랍니다. 꿈의 거미집과 저주받아 잘려진 혈관과 함께 땅속 깊이 묻어두는 곳을 물어두게요…… 트리니다드토바고산 개암나무는 누군가의 한쪽 얼굴을 먹어가고 있어요. 나의 가슴엔 가득 비단 개구리가 숨을 쉬는 것 같아요 그것을 폈을 땐! 보다 큰 이슬이 굴러떨어져 먼저 합창단을 세 번 울리는 묘령의 아가씨를 울린다고 선언하지만 미소는 수건을 말리는 열풍기 위에서 밤의 오페라를 쏟아내어 아궁이의 고래 속에 든 너의 심장을 이끈다.

6.

말(言)이여, 달리자!
나의 의적이여!

내가 약탈해 낸 이 슬픔이 새어 나와
이 지구에 다시 씨 뿌려지지 않도록
옮겨 뿌리내려야 할 뜨거운 별의 채전菜田을 향하여
그 남새밭엔 땅속 깊이 기다림의 솟구침이 쌓여
검은 배양토를 입안 가득 품고 있다.
철부지 슬픔이여 너도 소변을 조금만 참아다오
막무가내 양!
목 안 가득히 무연탄처럼 끓어오르는
밤을 향한 내 찢어진 가슴에 머리를 묻어라.
얼굴을 들어 나의 눈을 보진 말고.
나는 전방에서 우리의 장도를 지키는 어둠에
일일이 답례해야 한다.

7.

아악! 그녀는 소리를 질렀다. 그녀의 영혼은 나뭇가지의
바람에 걸렸다. 기쁨도 경악도 아닌 그 무엇 때문에. 그녀는
'나'이다. 먹는 나이라구? 좋아, 네가 먹는 마들렌 위에 머리
카락이 돋아나고 종달새의 배설물처럼 어두운 하늘에 던져지
는 진흙의 시선들이 수풀가에서 밤을 지키고 있다. 고만고만
한 숨소리가 눈만 빼꼼히 내놓고는 복면을 한 채로 내 등 쪽

담벼락을 타고 나의 정면을 노리는 시체를 위하여 임상 촬영을 한다. 이 거리는 모두 꼬물거릴 수 있는 시체들의 것이다. 우리들이 분유하고 있다. 죽음의 우유병. 그 젖병을 떼는 날, 우리들은 드디어 걸음마를 시작하여 발이 없이도 하늘을 날고 영원히 쉬지 않는 기차를 타는 것이다. 기관사 아저씨는 육손이다 칠손이 또는 팔손이. 그의 손은 선인장과에 속하는 입술에 접근하여 가시 속으로 밥을 밀어넣을 때 우리는 창문이 깨지도록 웃어버리자!

그러자 버림받은 장어구이가 뾰족한 얼굴을 호기심 속으로 내밀었다. 저 따위가 다 뭐야? 따라가 꽁무니를 자를까보다. 인내의 수박 비가 내린다. 사람의 머리를 깨기 위한 것 같다. 홍수가 난 개울물보다 더 급하게 묘방이 없을까? 그침 없는 이 수박 덩이의 격류, 무엇 때문에 이렇게 쫓겨나는 거냐구? 엉덩이 큰 여인도 아닌 주제에. 모시메리 몹시 마려운 건 우리들의 가을을 깔고 앉은 그 뜻을 알지 못할 한 덩어리의 미련의 호두인데 신앙백과를 물고 있는 아귀가 센 턱의 손톱이 새벽이 되면 저 힘도 약해지겠지. 굴속에서 나뭇가지의 척추를 보살피는 일이야말로 최대의 정성과 오만만을 약으로 한다.

전방에 두 개의 빛 발견
백사白蛇와 백면白面.

우리가 뿔을 가졌을 때
—어느 별의 경로 보고

우리가 뿔을 가졌을 때
나는 두꺼운 겉껍질에 싸인 채 광막한 장원莊園을 지키는
한 겨울 목인木人
언덕을 넘어오는 뱀과 바위 사이에 끼어
나의 사지四肢는 찬란한 어둠의 퇴적층 아래로
정신의 아킬레스 근육을 기르는 도선導線에 반짝이는 지
국支局을 개설하였다.

우주 횡단의 전람회에서 만난
힐라 야블론스키의 〈행운은
우리를 성가시게〉 했다.
근육질과 섬유질 사이의 나의 손목은
당신의 눈길에 타버리고
세계에 대한 질 거친 갑옷을 떼어내고
두 주먹 나의 정신을 점령한 사람
얼어붙은 영지에 불이 타오르고……
고사리 머리카락이 우리 살갗에 돋아난 것은
산불이 모두 꺼진 후였을 것이다.
—맞지?
—응!!

나의 척추는 화염 속에서 고갤 끄덕이며 장난스런 발가락을 꼬물거린다.

　언젠가 불똥 날아간 자리
　사라지지 않는 달동네 작은 방 나무 침대가로
　밤은 앰뷸런스 가득 별을 가져와
　관측 기기 대신 손으로 별을 만질 때
　파아아- 날아가는 빛자루도 없이
　별들은 그저 뭉툭하니 말랑말랑하다
　주먹을 펼치니 별이 가득해요,
　당신이 쥐어준 게 사탕인 줄 알았는데……
　페티코트 입고 어린 심장들이
　공중으로 문밖으로 튀어 오를 때
　벙어리 하늘엄마들이 아기별을 찾아서
　뒤뚱거리며 문밖에 다가와 밭은기침을 할 때.

　두 박자 열 오른 심장을 거기다 던져준다. 냉기가 가시도록.
　이미 날아간 것을 여태도 가끔 보채는 걸 보니
　우린 아직 뿔을 가진 무엇인가 보다
　뭉툭하게 코가 뭉개진 순둥이 별들은

찰싹 우리 몸에 엉기어 젖꼭지 찾듯 뿔 자국을 찾는다.

―가만히 있어봐, 시간이 필요해!

손톱 끝 안테나까지 열이 오르고
촛농처럼 뿔이 녹아 스며들었다
네게로 옮아가 움이 나려면
인간의 시대 아닌
고사리의 시대처럼
새파람에 뽀얗게 돋아나려면
나는 다시 뿔을 잃고
따뜻한 삐죽이별은 어느 마을에 떠오를까?

강의 체모體毛를 위한 축배

나는 마음이 없어졌어요

차분히 흩날리는 어둠을 따라 계곡 깊이 내려가더니……
그만 산울림보다 더 빨리 흙 속에 흡수돼 버렸나 봐요.

지금쯤 지하수에 섞여 알지 못할 강줄기의 한가운데로 가
버렸을 테니 이제 다시 찾긴 다 틀렸어요.

발이 조금 시린 겨울 산기슭에서 나는 잃어버린 마음 때문
에 오히려 5파운드 정도 체중이 더 나가고

그그그그…… 나의 웃음은 이렇게 묵직한 쾌감에 짓눌려
나온다.

검은 눈(雪)의 여왕의 함성에 산의 진격은 뿌리째 드러난다.

내리는 눈에 날리는 어둠.

나는 이 모두를 닮아간다.

혓바닥으로 얼어붙은 호수를 핥아 먹을 수도 있다.

끝이 보이지 않는 내 배설의 미래를 도우러 기차가 장난치
며 달리고, 쥐가 갉아먹은 기차 바퀴엔 아이들의 얼굴로 첩
첩이 싸인 푸른 누에들이 빠져나온다.

와--, 누에들은 강으로 간다. 수줍은 부인네들처럼 강바
닥에 몸을 잠그러 들어가고 동글동글한 아이의 얼굴은 빛나
는 강의 양羊이 되어 동동 떠서 기다린다.

아무도 알 수 없는 푸른 약속을

동동동 떠서, 기차도 기다린다.

게을러빠진 영원의 강의 체모體毛가 어둠처럼 자라 올라와
덮지 않은 몸뚱아리를 최초로 이불 덮어주기를,

이 꿈같은 호흡에 나도 본격의 스위치를 올릴까? 손목이
녹아내린 휘황한 불빛을 두른 나는

칼보다 긴 스무 개의 반도를 가졌네. 기기기긱, 너의 깊숙
이 찔러 넣고는 가만히 있고 싶어

아직 태어나 오지 않은 포유류의 가슴팍에다

여기가 500번이나 더 되는 어둠의 강가라면……

주소 변경

나는 워리카로 워리카는 바웬사로 바웬사는 소금 궁전으로 소금 궁전은 거리로 내다 앉았다.

권총 F로 허리를 졸라맨 f 부인들의 유령이 점령한 거리에

최후로 남겨진 한 사람의 양심적인 각료는 올 가을걷이에서 네 가마의 고뇌와 석 섬의 반짝이는 어리석음에 단풍잎과 팥을 얹어 공출했다.

8285400018. 사람을 꿰뚫어 산적으로 보는 눈. 아득한 지하 막장에서부터 살아있는 거위로부터.

정상적인 눈깔의 시금석에 고실고실한 환상의 에피소드와 증오의 수제비가 끓다 간 맑은장국을 끼얹어 밑천이 드러난 대사원의 입에 잠정적으로 물려주는 일은 오각 렌즈 네가 맡아라!

풍부한 표정으로 살쪄 가는 허벅지에서 공포를 다듬는 푸른 별들이 한 마리 식인 상어의 위기 탈환을 도와줄 때, 내 안의 고주파 감마선은 꺼져간다.

태양은 누웠는가 일어서라!

소프라노의 피날레를 정점으로 물꼬를 튼 순결공화국은 개수대 사업에 남김없이 동원되면서 부정의 밤바다에 밀려온 검은 시추선과 말 없는 대치 가운데서 서로의 눈알을 교환한다.

너, 내 연민의 비무장지대로 나는 말로의 악수와 어깨를 나란히 하고 들어간다. 밀림 속의 시냇물은 영원한 변비로 굳어진 욕망의 손금을 씻어 검은 인광燐光의 사탑斜塔을 개척한 올빼미의 샴페인에 찬란하게 매달릴 것이다.

Neyot

잠들기 전까진 한순간도……

나는 무작하리

나는 무너지리

나는 무지개리

나는 무자비하리

나는 무수상행식無受想行識하리

나는 무참하리

나는 무관하리

나는 무미건조하리

나는 무궁하리

나는 무수반하리

나는 물으리, 물어보리.

나는 10만 난쟁이 포졸을 풀어 나를 잡게 하리

나의 내부 광장을 고물고물 기게 하리

나는 도망자이리

나는 또 도망하지 않으리

도망자의 등덜미에 가로등을 꽂아주리

보리수를 분지르리

병아리의 목에 아기의 머리를 수놓으리

동글동글 잠자는 부신피질 호르몬의 쌍두 독수리를 부엌
에서 구박하리

　　나는 타전打電하리, 알파카 모피의 광장으로 내 둔부에 열
리는 메르헨의 나라로,

　　공수부대의 옆길로 해서 북미 대륙을 돌아 오는 악어에게

　　나는 알아 모시리 알밤과 아버지가 고향을 숨기는 까닭을

　　그리고 냇가에서 푸른 구레나룻을 심어 거두는 곡신穀神의
침묵을

　　Toyen의 잠자는 여인을……

미뢰味蕾의 미행

샹그릴라의 일기예보를 가로질러 달리는 기차는 가시 돋
친 재수생들의 것이었다.

그레꼬로망형으로 구겨진 철교를 건너며 깨지고 울부짖
는 정신의

탁구공 다발 속에서 또 오후가 솟구치면

나의 비밀이 상을 찡그린다.

맞은편 자리의 저 좋은 탄력감은

아름다운 낙오가 켠 기지개로 기적을 울리는 저들의 것
이다.

반항과 체념으로 가슴이 뽀개져 있는 기적의 꼬랑지에 붙어

다섯 살배기 모드라기풀은

출렁이는 미뢰味蕾 속으로 모드레를 짚어갔다.

판데르발스 힘의 힘을 밀치고

반금류의 수중 도시를 지나면서

나의 얼굴은 할퀴어져 나가고

펄렁거리는 두개골엔 은빛 유령이

넘나들었다. 사파이어가 박힌

움직이는 수자폰 속엔 수줍은 수진이가 숨어있는데……

빈혈의 대륙이여

당신은 너무 떠들썩하군요

어제의 정염井鹽을 내드릴 테니

혀의 온도만으로 침묵을 지켜주오

당신에 대한 나의 갈증이 빛을 얻도록

PARADE

12월 32월 12월 83일 금요일 눈 많이. 오, 괴로워 난 과식했어! 개천 물소린 더럽게 맑군, 저 소리와 뒤엉켜 버릴까? 왁 느끼한 바다 냄새가 내 안에서 넘실대며 까분다…… 그 밖의 난 아무것도 아닐세, 사랑스런 추위. 세상은 단조로운 상술로 우리의 욕망을 전시한다. 새로운 오르가슴 성기 위주의 그것에 반대한다. 난 과식했어요. 오 거의 2백 년 만에

미니멀리즘

골수에 박힌 뜨개질

죽이고 싶어!

나는 생명에 피선被選됐어요

나는 오늘 과식했어요.

나는 아무것도 생각지 않겠어요.

이대로 이렇게 좋아요, 등골이 오싹하군요. 내가 누군지 언뜻 알고 나니까. 한 마리 잠자리 안은 겨울 개구리와 번개. 지도를 보여 줄까? 내가 살고 있는 3189번지 사파이어로 더럽혀진 마을과 그 옆 골목에서 몰락할 차례인 기죽은 이장댁? 초대할게 두꺼비와 이가 웅성거리는 이 거리의 가랑이 개선문으로 모두들 물밀듯 당당히 들어와 주셔요. 아아 빨리도 지나가는군, 녹아 흐르는 걸죽한 야시夜市, 모든 것들이 한눈에 뵈네 현미경에 잡혀 들어온 정자 떼처럼, 흘러가는 모

든 것들에게 손 흔들어줄 사환 아일 한 명 고용하겠어 그 애는

칭얼댈 거야! 안 되겠어 시계를 좁히러 내려가야지!

정밀한 폭포

체이스 맨하탄 은행으로부터 우아한 커피 잔의 반란 추진 위원회의 우레와 같은 속삭임을 헤친 아침의 일탈 위에 아련한 분열의 봄과 나의 기지개를 싣는다.

〈이런 것이 인생이었던가 그렇다면 다시 한번!〉 공무원 Nietzsche의 Nude Noon. 허리가 잘린 입초병을 위하여 우리 모두 자살을 포기하자. 일산화탄소를 머금은 채 아이들이 태어나고 어머니는 기차 바퀴와 함께 멀어져 간다. 하니까 그녀는 돌보다 더 단단해야 되겠지.

나의 몸에 마음 약한 지진이 체크된다. 한 개의 상아 파이프보다 초라한 나, 메아리로 술을 담근 액상의 고뇌가 살아 있는 유령인 나를 위해 오전의 식탁을 준비한다.

바바리안 스테이크? 불란서식 골무 튀김? 아님 심장의 감자? 넌 도대체 무얼 먹느냐 저주받은 아가씨, 우리 사랑할까?

레코드판 위에서 잔잔한 박수 소리로 메꾸어진 깃발이 모여든다. 거기 두 개의 손이 태어나지만 손목과는 아무런 인연이 없다. 그것의 성은 식물이며 손가락의 마디마디엔 7개의 눈썹이 싹터 있다. 말 말자, 그 버릇없음이란…… 꼭 눈동자의 앞장을 서겠다니…… 내 차라리 200마리의 당나귀를 키우고 말지, 자 그만들 하고 교우 여러분, 다 같이 자살합시다. 전능하신 아버지시여 저희들의 시체를 부탁합니다. 아, 여기까지 했으니 살 수는 없네. 뜻대로 하소서!

자근자근 Hi Fi Sonic Sound를 물고 나오는 괴 유성 X에 지구식 코트를 입혀라. 나의 최후를 돌려주리라, 장갑을 벗고 나는 저쪽 문으로 나가겠어. 따라 나올 필요는 없어, 안녕! 840319

나의 노발리스
재 냄새가 나는 훈제 신념에 마늘을 박아서 오늘이란 공간을 박제해 두자. 까페 페닌슐라에서 어제보다 정밀하게 폭포가 흐른다.

정거장에 나갈 시간

먹구름 속에서 빛나는 기침 소리에 잠에서 깬다.

소금 가게에서 되찾은 유명론唯名論은 수국의 광장에서 삼켜진다. 꼬리에 엉켜 붙은 말 없는 비둘기의 신음을 해방시키며 새벽에 붙잡은 중간 색조의 정체와 아우의 소원은 문틈에서 하나의 핀에 꽂혀 버티고 있다. 미움의 번개가 뒤섞인 고가도로의 기후에 꺾쇠를 죄고 있는 밤이 흘러든다. 미래는 주전자와 함께 코를 골고 운수 회사에서 결정된 사항들이 모퉁이를 들먹인다. 부은 발을 내민 토마토 상자에 새움이 돋아나기를! 묘령의 묘지에서 이슬의 해부학을 마스터한 뒤, 긴 터널의 입구에서 수신호를 보내는 수리 두령, 아침 인사를 캐내는 광부가 있고 살아있는 것과 미쳐있는 것을 맞잡아 매는 판유리상에서는 방금 구운 비만증 환자의 일기가 낭독되고 있다. 그들의 지귀地鬼의 냄새가 얼핏얼핏 눈에 띄는 곳에서는 속도를 내지 않는다. 손에 팔을 든 젊은이가 8차선을 가로지르는 도중에는 금 가지 않은 벽이라곤 찾아볼 수가 없다. 그가 힘찬 정리 호흡을 할 때 내 팔뚝에서 째진 상처가 다시 아물기 시작했으니까. 나의 시선이 중심가에서 빌딩들을 생략하며 탁구공을 튀게 하는 가벼운 딱딱함을 간직한 채 나아가는 곳에서 순전히 아무것도 배워본 적이라곤 없는 농부의 이마에 불이 비치고 시궁쥐와 하늘색 윤곽을 갖는 모든 암석을 연결하는 배전실이 설치된다. 그래피즘은 여기서 끝나고 자갈돌에서 씨앗보다 질긴 울음광鑛을 뽑아내기란 식은 죽 먹기가 된다. 하지만 그걸 아는 사람이 적겠지.

하루 중 울어야 할지 웃어야 할지 모르는 용도 불명의 시간이 29분 이상 존재하는 걸. 정확한 균열을 갖고 그들은 시간의 표피층 아래에 흩어져 숨 쉬고 있다. 나사못은 발레리나 이상 아름답다. 그들은 그 균형의 나선을 보이지 않는 딱딱한 곳에 박음으로써 실현한다. 내 앞에서 다시 한번 그들의 나신裸身을 보는 것은 내가 나의 내장을 보는 것만큼이나 상쾌한 일이므로, 그동안 사람들은 논리를 위하여 책을 읽고 직관을 위해 술을 마신다. 뮤직 박스에서 미래를 책임질 계란이 아른거린다. 가냘프고 수고스러운 태동이 뵌다. 흘러넘치는 기역 자에 흡수돼 버릴 텐데…… 산허리를 더듬는 손, 우리가 찾지 못한 지명에서 나온 건강하고 참담함마저 역력한 손, 나는 이미 그와 마음으로 악수하고 있다. 그의 몸은 온통 검은 털로 뒤덮인 채 바닷물 속에 잠겨있다. 그는 하반신맨 끄트머리에 얼굴을 얹고 있으며 하늘 가까이로는 손만이 뻗쳐 있다. 보랏빛 암벽엔 푸르른 시절에 먹은 보리밥이 스낵 〈불평등 조건〉의 재료에 가미되어 바삭바삭한 칩이 되어

붙어있다. 폐활량이 적은 좀비비추가 먹으면 콧줄기에 알지 못할 경련이 와 부딪힌다. 아는 사람들은 좀 부축해 줘 쓰러진 후에. 정거장에 나갈 시간이다. 수줍어, 수줍어! 나는 정거장에 나갈 시간이야!

구급차의 구급

역동적인 골목의 단면에서 붙박인 검은 고요 가운데를 서성이며

안약병은 아침 안개를 한 병 가득 품고 있다.

안약병은 맑고 팔에 털이 난 수선화를 안고 잔다

하루와 또 하루가 목발 곁에서 카스테라의 산보가 있는 방향에서 썰어져 나와 썰어져 나와 썰어져 나와 썰어져 나와 쓰러져 나와 비틀거리다간 쓰러진다. 풀썩거리는 통에 짚불이 꿈틀대며 냇가 쪽으로 걷어차인다. 알고 있으신지…… 나의 잇발 사이로 구름이 몰리고 있음을. 네모난 웃음으로 온통 널 포장해 버릴 테다. 다시 어둠 속엔 고통의 완자가 맑은 장국 위로 걸어간다. 가장자리 접속부에서 머릴 부딪힐 생각은 없다. 분홍 비둘기의 발가락에 다다른 것이다. 이젠 소독저로 혀를 꺼내지 않아도 좋다. 멈춰 선 생각의 디딜방아를 내 밟아주련? 매운 생각의 기침이 창자의 세기를 이끌고 나오도록 유선 방송국에서 오줌을 잠깐 참으면 병아리의 대머리는 더 말끔해질 테니까. '무성 h'를 박아 넣어야지! ___으으__ㄱㄱㄱ ……

죄송합니다만 한 번만 더 당해 주세요!

당신들의 머리, 대리석이 자리 잡은 지성의 대갈통에 뜨거운 커피를 붓겠어요. 움찔하거든 옆구리의 비상구를 뜯으

세요. 2시간은 족히 넝마 뭉치가 튀어나올 거예요. 여기서 바셰린의 숲을 생각하는 건 금물입니다. 내일은 엑스레이를 찍습니다. 넝마 조각의 모티브로 이불을 만든 아버지, 이젠 아버지가 날 웃길 차례예요. 모자와 함께 나의 글 속으로 걸어보세요. 전통적으로 걸으세요

　　굴핀굴 굴핀굴 손킬 보숙구 사빈데
　　솜비라 키콰이담 무구사궤 소소비라워
　　싱묘가가렝 쵸쵸쵸 니니니……ㅣ, ㅣ, ㅣ……
　　람보기감별미락기가 미락기가 가미락기가
　　별미락기가 감별미락기가 기감별미락기가 보기감별미락기가
　　가기가 가기락기가 미가락기가 별기미락기가 기가
　　락가락기가 기미락기가 가미감비락기가 코비감비락기가
　　가바라마비락기가 가박ㅁ마락기가 기기가
　　비락기가 락기가 락구락기랄구가비락기가
　　……가가가……ddd 32락기가 456기가

　　락기가 불이 락기가 가락기가
　　랄랄랄라 보란기가, 보락기궤를 손 넣어 열고
　　기억의 반죽 속으로 손 넣어 열
　　고……넣……어……넣고……열……어

보락기궤를 궤를 무거운

　　　담벼락의 솟구침

반성문: Croquis의 크로켓

모빌의 행진이 나란히 펴져가는 곳에서

…… 거짓말이야, 사실 난 외진 골짜기에서

통구이 한 너의 인육印肉을 먹고 싶은 거야!

사전을 뒤적이며 수련의 낮잠 속에 낮달을 박아놓는 손톱은

궁전을 닮았다고 끊임없이 선언하는 성냥갑 속에서

10시의 경련이 뿌리내리고 있다.

잠결에 순결하게도 기도氣道가 막힌 노부인의 영롱한 꿈길을 따라

밟으며 고양이는 살아간다.

살뿐금사살뿐금사, 살쾡이의 숨겨진 진실과 함께.

그러곤 그 속에 얼굴을 묻고 그의 웃음소릴 만져보겠어, 하늘이 빈약한 가슴을 틀고 어깨를 흔들며 뛰쳐나올 거야. 거기서 고혈압의 인플레이션의 파열. 터질 것 같은 건강을 수습하는 영화감독의 하수도 공사. 그 볼따구니의 현장에 나타난 한 무리 소녀들의 긴 양말의 일렁임. 뭉게구름의 지하 생활 수기, 남이 먹지 않는 밥으로부터 온 오만한 꾸벅 인사, 오늘은 한껏 주눅이 들었다. 꽹과리 소리 속에서 나는 매시간 서른 갈래 이상의 길에 포위당한 채 뜨겁게 목적 모를 입맞춤에 휩싸여 마당 가운데 선 우아한 펌프의 한쪽 팔의 늘어뜨림과 휴식 시간의 명상을 채용한다. 세상에서 가장 완벽한 자

세를 갖추고 무수한 박테리아 가운데 단 한 명의 심복을 거느린 저 한 대의 펌프에의 유혹이 검은 토양의 시각을 커튼에 말아 밀어붙였다. 그러곤 내가, 그 바람엔 또 네가, 화단 구석에서 썩어가는 고요 가운데로 나뭇가지들과 함께 여덟 개의 다리를 버둥거리는 보이지 않는 관절을 껴안고 넘자빠졌다.

뿌리가 흐물거리는 침묵은 때를 기다린 한의사에게 뽑혀가면서 겨울의 장에서 페이지 넘겨진 구렁이에의 생생한 기억의 감촉도 함께. 검은 배양토와 뿌리의 잔가지 사이로 얼굴을 내밀었다. 나는 보았다. 웃었다.

6시, 뚜껑 깊은 샴페인의 바다와 정원의 초벌구이

●●●●●●●
●●●●●●

여기 모처럼 연근의 빈 혈관을 보라
내가 쏠쏠히 채워진다
나의 하반신을 훑어간 시간의
바짓가랑이가 가지런히
증언대 아래층으로 흘러 내려갔다.

　　손풍　　　　　잎
단　가　락
　　　　　　　따라
'나는 강가에 선 한 송이 불'
화안한 절름발 걸음으로
내 마음의 철금 위를 디디고 오는
발자국 소리의 적분積分: 다갈색 호수가 말갛게 드러나는
물컹물컹한, 상상력의 손바닥이 가닿은 상자다, 네 얼굴은!
그래서 아직 만질 수 없지 너의 얼굴은.
대신 거기 테라코타로 빚은 코발트빛
네 발들이 발(簾) 쳐져 있다.

84

자　　　소　　　커　　　파
　　　　시　　　키　　　이
가
　　　　라　　　리　　　기
　　　　가　　　코　　　명
림
　　　　니　　　후　　　기
자　　　스　　　우　　　래
가　　　신　　　프　　　명
픔　　　사　　　록　　　푸
조　　　리　　　크　　　이
기　　　곤
게　　　　　　의　　　파
　　　　수　　　　　　　기
룬　　　　　　　　　　　며

정원의 악사들은 커던 첼로 활을 갖다 대어보라.

탈의실에서

고

코코로 1

비

렌바경취 2

사

3 이사가던 날 · 겨드랑이의

와기러기 8   미

루   테

밤운거뜨의오리 9   이

5 오   션

넛케스어알줌히반수무 4

6 사사금파리의 발가락에 끼인

이

팽

의쥐람다 10

란

구

기

7 파편을 들고

들창코는

참치잡이에 빠진다.

↓ 입구 ↑

드르르르 그리고 마로니에 뿌리 곁에 묻어둔 두 눈알을 가서 파내 와야지 4학년 김울타리 군의 죽음─토르소만 남겨진 나의 몸에서 소리의 잎사귀가 일제히 피어 나온다

싱싱한 검은 초록으로 〈삽시간에〉 뒤덮는다. 잎사귀에서 밤의 타액이 샘솟는다. 발이 달린 팔뚝을 넘쳐흐른다. 김 서린 귀의 콧구멍 가운데로 자란다. 그것은 전신경과 달리는 말의 웃음소리와의 프락치다.

제3부 델리케이트한 용접

앉았다 일어나며

퀴퀴한 〈창고론論〉의 구석에 박힌 뚜룩뚜룩한 저
겹눈깔, 나의 임무는 개울물가에서 끝이 난다.
나는 왜 여기서 손을 씻는가
저들의 오해만 쟁취할 수 있다면
어두운 데로 최선을 다하여 건조하고 포근한 데로
친구 거트루드의 자켓을 유인하였다.
그녀와 모닥불의 체취를 뒤적이며
삶이란 숯의 알맹이를 추려보았다.
빠—한 불씨 가운데를
진한 기호식품점 아저씨가 씨익 웃고 지나가고
그 다음부턴 기억할 수가 없다
나는 펄프처럼 불타면서 일어섰던 것이다.

만남·정수기 淨水器

수직으로 내리 자른 떡시루처럼
　　　　시궁창 아래
저수지 아래
하늘 아래
그 아래
코 아래
검은 기왓장 아래
내가 있었지 눈동자
검은 그림자에 갇혀
아무것도 보이지 않았지만

험상궂은 허무를 향한
인생의 과녁엔 미리미리
구멍이 뚫려 있었다.
나는 잠시 그 앞에서 멈춰
　　　　　　　섰다가
새우처럼 동그랗게 몸을 말아
뚫린 과녁을 채웠다
그리고 기다렸다
……가운데……

검은 내 머리칼을 헤치고
비명보다 정확한 화살 한 자루
나는 기쁨에 놀라면서 죽었다.
검은 숯보다 더 깨끗하게

〈과녁 · 정신의 뒷골〉

인공호흡 MONOCHROME

검은 하얀
검은 하얀
검은 하얀
다시 검은
각진 침묵의 밤을
쓸고 있는
운명의 빗자루
찢긴 치맛자락
뽑힌 머리카락
쿠르르르 정지한 채
빛나는 체크 노트를 들고
우리들의 죽음을 기다리고 있을 때

죽음과 질식과 줄다리기하는 결승선에서
굴렁쇠를 굴리고 가는 소녀를 따라
꿈결 같은 키리코의 해안선
발가락 멀리
수평선 위에

팔랑팔랑 훨훨

끝없이 날아오는 눈송이 하나
휘이익 펄럭 내 앞에 내린
급한 전갈 물고 오는 익룡 한 마리
폭풍처럼 되살아 뛰어오시는 하얀 어머니

손목의 통금

—이 거리의 이름이 뭡니까?
—버마재비

난도질당한 인생이
거뭇거뭇 흩어진 거리
검은 안개를 걷으며
길다란 웃음을
한 개피 꺼내 물었다.
불을 댕겼다
빠
알
갛
게
하니까 뒤쪽에서
빨갱이를 잡으란다
나는 참으로 붉다
웃음의 필터를 지나
불이 내게로 왔으니까

그레고리 응원

NEVER 강을 건너 REVEN 평야로!
ㄱ 장치와 ㅁ 그릇의 랑데뷰
상고머리 저 친구 이름은 〈지랄 셰퍼드〉
유치장, 나는 내 앞을 보았다.
손가락, 휴지부를 정확히 지킬 것
색연필, 아버지 연구
살 깊은 황혼에 파이프라인을 박으며
눈이 부은 겨울을 뚫고 나가는
착암기와 맹렬한 어깨를 걸고
메마른 미래의 허리춤에
사고뭉치의 숟가락을 매달았지
날아라, 찰랑찰랑, 철럭철럭
우울한 대들보엔 검은 비둘기 떼
붉은 뺨 초록 안경 80마일
—그래, 고리를 꼭 잡어 그레고리!
그리고, 날아!!

오소리

나는 욕심쟁이. 고요한 밤 혼자 잠들 때 나의 간에 거위의 그것을 구름절이 해 붙인다. 아득한 지하에서 캐 온 거위의 간을

으슥한 빛나는 골목을 갈 땐 검고 텅 빈 드럼통과 나란히 걷는 머플러의 고요를 두르고 싶다. 나를 향해 아름다운 무기를 벌름거리는 오소리도 함께. 빛나는 그것! 오소소 오소리와 와사사하게 이 낯익은 외계에서 오줌이라도 많이 누고 싶다. 내년 봄 이 보리밭이 무성해지도록.

나는 욕심쟁이. 고요한 밤 혼자 잠들 때 죽음 위에 빛나는 무수한 파장의 빛을 붙잡느라 내 팔의 전원 스위치를 당긴다.

델리케이트한 용접

피아노를 치러 가지 않았다.

내 머리칼 속에서 10만 반풍자半風子 선생이 아름다운 피부로 노숙을 결정하고 햇빛은 새로운 바이올린에 부풀어 끊어질 듯한 활을 걸어 천방지축으로 씨른다. 때문에 나는 나의 진심과 소질을 다해 웃었다.

한 방울의 장뇌 섞인 고뇌의 결혼입장식을 무사히 치르기 위해서

새로이 만나 한 방울로 뭉쳐져 버린 후 고뇌의 철없는 설레임은 파라필렌의 구조식을 닮은 골격을 가진 채 저 투명한 바위 속을 걸어나가는 연인들처럼 또 다른 형제를 캐낼 테지. 내가 작은 폭포의 불꽃에 달라붙은 봄의 귓불에서 미성의 시를 캐듯이.

불붙은 내 청각의 여울목을 거쳐 삶의 궁핍이 암흑의 바닥을 그리워할 때, 그리움의 맹금류가 내 발가락의 수문을 두드릴 때 회한의 내장을 녹여 낸 액체를 빛 속에 방사하여 젊은 니힐리즘과 육상선수의 출발을 2월과 내 눈길의 빙벽 사이에서 용접하리.

등방성(等方性, isotropic) 아침

11년 전 과일즙을 위한 베 보자기. 외할머니랑
코드 고장이 벌려놓은 골짜기의 요통.
자세를 바르게!
벽이 없는 높은 방에서 어지러운 꿈이 외풍처럼 몰아치고
끓는 주전자처럼 내 마음이
―물론 잊지 않는다. 그게 핵심 아냐?
이온결정의 나는 1인칭, 2인칭, 1인칭, 3인칭, 5인칭, 9인칭
1인칭 7인칭, 칭칭칭……
천장은 간호사처럼 날 쳐다본다. 제기랄, 그 반대다.
그리고 난 점령당한다 오로지 말 없는 것에 의해서만.
끄트머리가 뜯겨 나간 불길한
윤곽의 모퉁이에 대롱대롱 매달린
난데없는 물통
학생복을 입은 화분이 한 명씩 다가가 물을 마신다.
엄마, 나에게 꿈을!
새벽의 토막토막을 영원한 도시락에!
부드러운 군화를
끈을 졸라매고 나가 입초를 서게
너에게 나에게 쿨럭이지 않게.
미래가 아니라 이 돌대가리야.

모두 베 보자기에 싸여 있어 산비탈에

안녕하세요, 안녕하세요!

축 ＼ 공 ／ 예
　　　｜
　　　포

보고픔

허기진 아침

창을 열고

귀를 펴 말리며

음악 소리에 내 배를 맡김

찻잔 속에 밧줄을 내리고

물에 젖은 종달새를 건져냄.

전화

당신,
아베마리아, 아메바여
질문 있어요!

선사시대

늘 행복해요. 자전거 여행의 필연성에 대하여
가로 누워 버린 바퀴에 햇살이 박혀 있고
아니 언제나 행복할 수밖에 없는 불구의 가능성도
물기 많은 진흙 덩이와 자코메티의 아파트를 찾았습니다.
그런 면에서 나를 사랑합니다.
유기체로서의 육체를 갖지 못한
강철보다 단단한 미래의
무기물의 상태에 뒤섞여 있는 수많은 웃음과
고요한 성격과⋯⋯
눈동자 속에 개어질 빨랫줄과
액체 공기의 마이너스를 지독히도
알리는 나부낌과 언제나 파편과
댐에서 빼낸 시각의 팔과
변덕스런 이미저리의 가지 사이
그 아무 데나 나는 있어요. 귀하!
풋콩 냄새가 터진 빈혈증에
아침이 깊숙이 깃들어 가고
나의 두 다리는 이끼 낀 대문간에서
넘어질 텐데⋯⋯

풀어쓰기를 주장함

늑대가 삼킨 바람과……
테이블 위엔 다섯 가지의 기다림이
움트고 있다. 찬란하겠지?
공작새가 낳은 괴로움의 수컷은 유리에다
음각으로 새긴 난초 잎새보다 신선하다
그러곤 킁킁거리는 거야
pensee sauvege를 꼭 넣으라구
11월은 모서리마다 모서리의 모서리가 모서리의 초만원
을 이룬다
그 위에 나는 가로줄 무늬를 걸치고 높이뛰기를 하고 싶다.

당신의 눈 속에 나무를 심었으면
눈동자는 거름같이 검으니까

그러곤 그러곤 일기도 쓰지 않고 끝이야

11월 당

체온이 내려가는
스산한 저녁엔
그랬지, 메신저 하나에
알 커피를 삼키며

바지를 입고
운동화를 신고
파랗게 열이 오른 각반을 매고
곪아가는 아스팔트는 11월의 방향으로 걸어 나온다.

내닫는 발바닥에 끼쳐오는 힘
땅 밑 반대 방향으로부터 새 나오는
검은 피의 반향에 귀를 주면서……
의붓엄마의 가슴팍 같은 이 혹성의 심장을 향하여

뛰어 큰길에 이른 더운 숨결은
검푸른 격문의 차벽에 막힌 채
이건 아니야~~
자진해서 벌을 부르는 절망을 던지면
부챗살의 기동대 창살 사이로

캡사이신 휘감은 눈보라가 터졌다.

지진계의 진행 방향은 어느 쪽이었나
어깨동무하던 목소리 뜨겁게 넘어지고
검은 단풍으로 끝내 떨어지고

11월
단풍 끝
붉은 마음들
키스 프코야마!
검은 피 뽑
아내는
두 자루
사혈
침

붕대 사이로

거룩하고 무취미한 하늘 아래
손바닥을 갖다 대고, 고개를 젖히고
나는 재빨리 유서를 낭독한다.
붕대 사이로…… 드러난
눈동자로, 아직
나타나 오지 않은 시간을 향해
몸부림치는 것만 같은……

적의로 가득 찬 가까운 무리여
와서 나의 말가죽을 벗겨라
고기는 떼어
그대들 과거의 배를 불려라
악취의 근원인 한 점의 심장과 늑골만 발라내고
그것이야말로 내가 원하던 나의 모습
이미 머리도 손가락도 없이 나는
핏빛 암유暗喩의 실로폰에서 덩어리진 채
팔딱이며 뒹굴다 가고 싶다.

검은 안개 속에 도시락이 있고
도시락 속에 가득

파릇파릇한 붕대가 있다.

몸부림 같은
춤 같은

액션페인팅

버스 타고 갈아타고
서쪽 하늘가로 마음 쉬러 가는 길
일하다 누운 농부의 휴식처럼
불그레 흐트러진 하늘의 문틈으로
누구의 이부자린지 어지럽구나
걷어 올린 천막 안 들풀 누운 자리
빠져나온 오리털이 분분 날리고
새끼 고래 떼 시커멓게 몰려간 자리에
한 냄비 쏟아진 게살 스프로
마음껏 뒹구는 액션페인팅

어, 저쪽에도 불붙었다.
쏘시개 들고 뛰어가는 노루 떼
매화총 실어놓은 화살 끝에서
문어발로 구불텅 튕겨도 보면서
시원하게 장난하는 하늬 무대에
물감 범벅 꾸러기 액션페인터
호탕한 큰 아이 얼굴 좀 보자

어디 어디 뒹구니

나와 봐라, 나와 봐!
아버지 술 단지로 갈증을 풀었나
점점이 산 그림자 하품을 하고
어둠 따라 눈꺼풀이 절벽을 더듬으면
잠방이 걷어 올린 씩씩한 아이도
지친 숨을 고르며 잠이 들겠지
함께 놀던 고래 떼도 잠이 들겠지

기별, 귀지는 살아있다

손발톱 함부로 깎지 마라 하셨다
머리도 함부로 자르지 않으셨지

거기 비해 귀지에겐 주의가 없었다
아무런 당부도 없이
낙엽이 내리듯 마냥 무심히
쌓였나 싶으면 가려워지고
새끼손가락 넣어서 휘둘러 보고
호록호록 귀이개로 닦아낼 뿐

몇 년 만인가
마음 고요한 날
낡은 계단을 딛고 오는 발소리
또록,
멈추고 안부를 묻는다
너 요즘 괜찮아?
너답게 사는 거니?

친구도
식구들도

묻지 않는 질문으로
귀지는 오랜 기별을 속삭인다

멈.
몸몸..
뭄뭄뭄 우웅...

귀지가 알려 주는
아련한 나
지워질 듯 부서질 듯
바래진 나
계단 밑 또는 겨드랑이 위
작고 아늑한 솜털 숲을 지나
전설이자 의문인 요정의 집 안에
잊었던 기별의
기지국이 있었다.

공중제비

나는
걷고
있다   넘
머릿속에서   를 어
그가   비 나무
내   제 잎새
앞을   중 마다
스쳤다   공 방금
나뭇잎이 흔들렸다   쪽으로   스친
나   위   바람의
는   리   토를
다음   머   달았다.
발에서   꾼다   ㅅㄹㅅ
방향을   바   ㅇㅇㅅ
                    ㄹㅅㄹ
                 ㅅㄹㅅㄹ
                   ㅛㅛㅛ
                  ○○○

선로
무수한
선로와
선로
의 부딪
힘에 튕
겨진
나는
다음
거리에
가볍게
던져졌
다
팔을
뻗으며 섰다
걷는다.

오지 않은 사람

방 안 가득 꽃이 피었다.
오지 않은 사람 꽃이 피었다.
오지 않은 사람이
탁자 곁에 머물러있다.
오지 않은 불빛이 흐른다.
오지 않은 사람의 눈빛을 바라본다
오지 않은 사람의 손톱을 깎는다.
오지 않은 사람의 밥상을 차린다.
오지 않은 사람과 소풍을 간다.
오지 않은 사람과 싸운다.
오지 않은 사람과의 약속 때문에 운다.
오지 않은 사람을 위해 춤을 춘다.
오지 않은 사람은 눈이 붉다.
오지 않은 사람은 울타리 밖의 텃밭
오지 않은 사람은 내가 마신 커피 향

마루 가득 오지 않은 사람들

추울 때 피는 꽃이 진짜 봄꽃이다.

씨네버스 2-바-11
—루이스 부뉴엘풍의 산책

1.

밤, 광화문 역사驛舍 부근.

세종대왕동상이 보이고 나서, 방향을 돌리면 서울역 지나 어떤 차량기지.

화면 가득히 여러 개의 선로가 엉켜 번질거린다. 등을 보이고 서있는 남자

앞쪽 어둠 가운데 역무원들의 대기실

카메라는 남자의 어깨선을 탐색하여 팔과 손으로 미끄러져 내려간다.

쥐었던 손바닥을 펴면 손금 따라 먼 곳으로부터 번갯불의 오버랩.

손 안에서 작은 메모지가 불탄다.

2.

황혼 녘. 계단을 내려오는 남자, 서쪽으로 시선을 주면,

노을과 건물과 산줄기와 나무가 그리는 스카이라인,

잘 보면 그것은 누워있는 남자의 긴 윤곽이다.

3.

집 안. 긴 의자에 누워있다가 몸을 옆으로 세우고 팔을 세

워 머리에 괸다.

그의 발치는 아스라한 황혼이며 그의 다리의 윤곽선을 타고 달리는 대륙횡단열차

길어빠진 고양이의 꼬리로 얽어매인 많은 짐짝들은 부드러운 변형으로 흔들리고

굴 속을 달리는 기차, 어둠 속에서 반짝이는 것은 신호등 대신 고양이의 눈.

4.

낮, 거리.

걸어가는 소녀의 종아리.

스쳐 지나가는 무수한 발길들에 햇빛.

길바닥에 누군가가 떨어뜨린 책 한 권 『THE WASTE LAND』

잠시 멈춰 섰다 다시 쾌활하게 소녀의 종아리가 인파 속으로 나아가면서

(목소리) "무당 아씨, 어떡하고 싶어?"

(같은 목소리) "나는야 맘대로 죽고만 싶지."

인파들의 발걸음을 썰물이 철수해 가면

5.

바닷가 모래사장.

카메라가 가까이 가면

두 마리의 검은 리본

모래사장은 두 마리의 검은 리본에서 두 마리 벌레, 두 마리 짐승으로 바뀌고, 모종의 결투 장면처럼 서서히 돌기 시작한다. 마주 보는 짐승은 강아지이고 강아지 머리에 리본이 옮겨져 있다. 검은 리본, 노랑 리본

6.

식당

그러나 그것은 모래로 된 커다란 회전 테이블. 그 위에 두 마리의 검은 리본, 그 곁에 긴장의 간장을 덜기 위한 하얀 접시가 놓이면, 반짝이는 접시 속에서 밤의 마천루가 나타났다 사라지면, 다시 계란 노른자가 일렁이고 그 노른자위 속에서 한 대머리진 사나이가 양말을 신고 있는 것이 보인다.

점점 자라기 시작하는 노른자, 애드벌룬만 하게 부풀어 올랐으나 역시 노른자이며 무겁게 퍼져있다.

누군가가 손가락으로 건드려보는 듯이, 들쩍이다가 조심스럽게 공중으로 떠오른다.

7.

밤. 광화문 네거리. 군중들이 노래 부르고.

탄력을 지닌 노른자의 애드벌룬이 도로 양편에 솟은 건물에 걸린다. 해먹처럼,

노른자는 럭비공과 닮은 유선, 타원형 그 양쪽엔 굵은 동아줄이 이어져 높고 아득한 밤하늘을 향해 뻗어나가 사라지고 있다.

8.

아침, 길가.

초라니의 모습으로 분장한 단발머리의 소녀가 박스에서 전화를 받는다.

소녀가 집어 든 수화기 구멍에서 맑은 계곡의 물줄기가 흘러나온다.

마냥 물을 받아 삼키는 소녀의 목, 소녀의 눈과 카메라는 맞은편 거리를 포착한다.

훌륭한 건물 한 채가 기세 좋은 망치질(또는 나무로 된 떡메라도 좋다)에 아무런 저항 없이 부서지기 시작한다. 소녀가 망치질을 보며 중계방송을 한다

완전히 내려앉아 폐허가 된다.

소녀의 통화도 끝난다

9.

황혼 녘의 계단.

멀리 스카이라인을 바라보며 소녀가 계단 위쪽에서 기다린다.

남자가 옆에서 나타난다.

소녀는 눈먼 사람처럼 웃음과 손이 앞선다.

소녀는 남자를 껴안는다.

남자의 어깨 위로 나타난 소녀의 눈의 클로즈업

동공 속엔 폐허가 있고 그 폐허 가운데서 샐비어꽃을 꼭 껴
안고 있는 검은 강아지 한 마리. 뒹굴면 소녀의 속눈썹과 드리
워진 커튼 자락의 오버랩.

10.

통금이 있는 밤거리를 이따금씩 대형 차량들이 질주해 가고
헌병들이 군데군데 입초를 서고 있다. 거리 한가운데로 태연히
걸어오는 소녀.

약간 고개를 숙인 채 앞을 보며,

앉은 채로 보초를 서던 군인들이 소녀의 걸음에 따라 일어
난다

군인들이 소녀 뒤를 따른다

11.

새벽, 철교 위, 안개.

손을 흔들며 이별하는 부녀, 몇 걸음 멀어지다가 다시 아이를 안아 든 아버지가 호주머니 속에서 무언가를 꺼내 아이 손에 쥐어 준다. 아이는 아빠의 품에서 내려와 엄마 쪽으로 간다.

아이는 엄마에게 안기지 않고 엄마를 비껴가면서 손에 쥐어진 것을 펴보곤 떨어뜨린다.

아이는 혼자서 몇 걸음 걷는다. 아이는 휘어지는 검은 철교의 볼륨에 안긴다.

눈에 얼굴에 눈물.

12.

통금이 있는 밤, 거리.

걸어오는 소녀

골목길 작은 집 옆에서 머릴 위로 쳐들고 무언가를 생각한다.

사뿐히 지붕 위로 날아오른다.

하늘에 무수한 별.

소녀는 그중의 한 별에 시선을 고정시키고 어떤 사인을 한다.

하수구를 흐르던 물이 사정없이 불어난다. 그러다가 한순간 하천은 뚜껑을 닫고 얌전한 기침을 하면서 누워버린다.

소녀는 몸을 군화의 끈으로 포장한 후 낡은 권총 한 자루를 손에 들고

그 지붕 위에서 이슬을 받고 있던 식물을 살짝 비켜 시험적으로 쏘아본다.

굉장한 소리에.

별안간 화분에서 붉은 꽃이 넘친다.

벌어진 꽃잎 속에서 생쥐들이 나와서 소녀에게 절을 한다.

소녀는 멋진 포즈로 답례한다.

쥐들은 소녀의 표정에 안심하고,

눈에 띄지 않게 들고 있던 작은 트럼펫을 불기 시작한다.

밤하늘에 맑은 트럼펫 소리

13.

역시 밤거리.

트럼펫 소리

바리케이드를 친 밤거리의 헌병들의 모자 위에 활짝 꽃 핀

화분들이 하나씩 씌워진다.

헌병들은 임무에 익숙한 진지한 표정.

화분에서 꽃들은 나란히 선 헌병들의 각각 하나밖에 없는 콧구멍 속으로

반짝이는 은빛 트럼펫을 데리고 후퇴하였다.

잠시 숨이 막힌 헌병들의 호흡에 맞춰 날숨 때마다

트럼펫이 콧구멍에서 콧물처럼 미끄러져 나오며 강하게 또는 약하게 연주된다.

단속적인 트럼펫의 소리가

14.

집집마다의 침실

단속적인 트럼펫 소리가 섹스를 일깨운다. 평화롭게 시작들 한다.

15.

햇빛 속을 걸어가는 소녀의 종아리, 광화문의 천막들, 세종대왕동상, 천막들, 지하철역, 천막들, 번갈아 보여 주며…… 소녀의 종아리는 물속으로 들어간다

16.

밤, 거리.

태연히 통금이 있는 듯한 밤거리를 걸어오던 예의 그 소녀,

2km가량 진행하여 광화문 네거리 노른자의 애드벌룬에까지 당도한다.

소녀는 무언가를 꿈꾸며 축 늘어진 노른자의 애드벌룬을 타고 그네처럼 흔들린다.

누군가 타고 있다. 미소를 짓는다.

그네는 동대문에서 서대문까지 앞뒤로 흔들린다.

그넷바람에 지붕이 신문지처럼 펄럭인다.

봄바람에 매혹된 들풀들. 굴러가다 날아가는 신문지

병풍 속에서 닭들이 홰를 치며 하늘로 날아오르다가 툭 툭 내려앉고

서울을 압도하는 그네의 리듬을 따라 앞뒤로 흔들린다. 점점 열광적으로……

노래가 들려온다. 목이 쉰 전인권의 노래면 좋겠다.

17.

새벽, 광화문

밝아오는 거리에서 헌병들이 그네 아래에서 흔들리는 군

중들을 저지하며 다가든다.

열심히 두꺼운 영어 사전을 찾으며, 일하는 직장인들, 인터넷을 검색하는 학생들……

책의 겉장은 섬세한 펜화로 그린 좋은 그림이 엿보인다.

헌병들은 숨김없이 그 그림 속으로 나아가고 싶다는 열망을 계산한다.

그네를 마지막으로 구른 후 소녀는 다른 거리에 혼자 내린다.

18.

아침, 거리

그네에서 내린 소녀는 검은 콜타르에 엉켜있다.

자세히 보면 콜타르는 계단 위에서 만났던 그 남자이다.

소녀가 포옹에서 풀려나며 눈앞에 골목,

골목 속으로 접어들면 거긴 계곡의 푸른 물이 건물에까지 이어져 있다.

소녀는 물속으로 잠수해 간다.

19.

무덤가, 낮.

아이들이 무덤 꼭대기에서 미끄럼을 타며 놀고 있다.

한 아이가 미끄러져 넘어진 곳에서 나뭇가지 같은 사람의 뼈를 발견한다.

자기의 팔에 갖다 재어본다. 다들 뼈다귀에 다가와 팔에 대보고,

또 다른 놀이 규칙을 이야기한다. 시원하게 신나게 한참을 뛰어논다.

작은 무덤가에 둘러앉은 아이들 여럿이 둥그렇게 손을 잡고 약속을 한다.

다같이 눈을 감고 "하나−, 둘−, 셋−" 하면서 손을 무덤 속으로 뻗쳐 넣는다.

갑작스러운 고요. 흑백으로 바뀐 세상.

아이는 눈을 뜬다. 무덤 속에 집어넣은 팔을 빼려 하지만 빠지지 않는다.

옆에 앉은 친구들은 웃으며 도망을 쳤다. 혼자만 무덤에 손을 집어넣은 것이다.

다른 아이들은 아무도 없고 갑자기 숲에서 어둠이 스며 나온다.

무덤에 넣었던 손은 빠지지 않는다. 발버둥을 친다.

검은 안개에 안긴 아이의 눈에 얼굴에 눈물.

아이는 안개에 갇혀 사라진다.

20.

낮, 실내.

커다랗고 천장이 높은 방

원탁을 가운데로 하고 5-6명의 젊은이들이 차를 마시며 얘길 하고 있다.

테이블 위엔 책이며 노트가 있고

그때 유리문을 열고 들어오는 또 한 친구와 그들은 악수를 하고

구석 쪽에서 한 친구가 첼로 연주를 하고 있는 것을 듣는다.

이어서 fingering이 있는 첼로 곡이 이어진다

그들은 지렁이처럼 제각기 의자에서 미끄러져 맡은 일을 시작한다.

페인트로 automatic drawing, 시를 쓰는 사람, 춤을 추는 사람……

방 안은 움직임으로 가득 차고 의자와 테이블도 함께 빙글빙글 돌며 카메라 앞에 나타나곤 한다.

젊은이, 의자, 테이블은 서로 엉켜 붙는다. 스크럼을 짜면서.

21.

낮, 하얀 운동장

젊은이들의 럭비 시합 연습, 스크럼을 짜며 서서히 돌진.
스크럼이 풀리면 연습은 끝나고
땀에 젖은 얼굴들.

22.
낮, 다시 실내.
젊은이들은 홀 안에서 제작기 번갈아가며 포옹을 나누고
자기 방으로 들어간다(문은 닫지 않는다).
두 남녀가 서로 안은 채 방으로 들어간다. 문을 닫으려
는 남자
(여자 목소리) "열어 둬!"
남녀 포옹한 채 방안에서부터 홀에까지 뒹굴며 나온다.
여자는 계속해서 뒹굴기를 원하고, 남자는 섹스를 원한다
여자의 머리가 테이블 위에 격렬하게 얹히고 남자는
컵의 물을 여자 얼굴에 붓는다.
여자를 강아지처럼 집어들고 방으로 들어가는 남자. 문
을 닫는다.
(여자 목소리) "열어 둬!" 발길질로 문을 박차고 연다
분노로 가득 찬 여자 얼굴
작은 의자를 남자에게 집어던진다.

남자가 다친다.

테이블에 모두 둘러앉는다.

부상당한 남자에게 박수를 보내며 반창고를 바르고……

그를 바라보는 여자의 눈에 적요.

일어나 남자에게로 간다.

손을 내밀고 그를 이끌고 간다.

23.

철교 위, 새벽

여자의 손을 잡고 작은 소년이 되어 이끌려 가는 남자.

안개 속에서 말려 있던 철교가 다시 풀리고. 나란히 손잡고 걸어간다.

착란과 전위의 감각 그리하여 낯설고 아름다운 영토

조동범(시인, 중앙대 문예창작학과 겸임교수)

    지금까지 존재하지 않았던 언어를 찾는 일은 가능한가? 그것이 가능하다면 과연 어떤 방식으로 드러낼 수 있는가? 아마도 존재하지 않았던 언어를 탐문한 이들 중에서 가장 대표적인 그룹은 초현실주의 계열의 시인들일 것이다. 그러나 이들의 실험은 그 난해함만큼이나 문단과 대중의 폭넓은 지지를 받기 쉽지 않았다. 그럼에도 불구하고 초현실주의를 비롯한 전위의 감각은 새로운 지점을 향해 나아갈 수 있는 단초가 된다는 점에서 중요하다. 미적 새로움에 대한 탐문은 예술의 본질이다.

    시인은 시집의 서문에 "불행하게 죽은/ 초현실주의 예술가들과/ 행복하게 죽은/ 아나키스트들에게 바친다"라고 밝

헌다. 초현실주의자들은 언제나 기존의 질서를 거부하고 전복시키고자 했다. 그런 시적 태도는 미적 새로움에 대한 탐문과 동일한 것이다. 그런 점에서 초현실주의의 언어는 주류 질서로부터 벗어나려는 시도이자 낯선 것을 추동하는 것일 수밖에 없다. 그러나 주류 질서라는 기존 세계로부터 벗어난다는 것은 고통을 감내하는 것이다. 이때 초현실주의의 언어는 스스로를 고통 속에 몰아놓음으로써 고통의 언어가 된다. 때문에 초현실주의자는 끊임없이 고통과 전복과 부조리를 향해 나아가는, "불행하게" 죽음에 이르는 자일 수밖에 없다.

이선외의 시 역시 그런 여정을 관통해 나아간다. 기존의 질서와 문법을 넘어 개성적인 영역을 만들어내는 그의 언어는 그런 점에서 전복이자 고통이다. 이선외는 그런 고통의 한가운데 서고자 한다. 어쩌면 그 역시 '불행한 죽음'에 이르게 될 것이다. 하지만 이선외는 '불행한 죽음'이 자신의 문학적 삶의 숙명이라고 생각하며 전위의 감각을 온몸으로 드러내려고 한다. 그의 시는 의미와 체계를 해체하며 기존의 관습적 어법을 무력화시킨다. 그리하여 시의 상투적인 의미는 완전히 증발해 버린다. 그러나 의미와 체계가 사라지는 방식은 김춘수의 '무의미 시론'이나 오규원의 '날이미지 시론'과 같지 않다. 이선외의 시는 김춘수나 오규원과 달리 풍요로운 시적 정황과 이미지를 드러내며 의미를 해체한다는 특징을 지닌다.

계단 아래 기인 지하철의 붉은 스타킹 속으로 들어가면 점토 공작실의 코르셋마다 철컥철컥 신음처럼 눈두덩이 부어오른 검고 착실한 웃음소리들이 휘감겨 온다—사이로 로댕의 손이 유리창을 뚫고 뜨겁게 돋아 나와선 내 붉은 혓바닥을 끌어내어 레몬 장수에게 넘긴다. 또 아침이다—수도꼭지 젖꼭지에서 줄무늬가 아름다운 밤의 표정이 흐르는 개울가에 고여 하낫! 둘! 하낫! 둘! 마거리트는 치마를 치켜들고—화살에 감긴 연둣빛 발목으로—그 위에 기왓장, 그 위에 머리칼, 그 위에 수학 선생, 그 위에 안경, 그 위에 귀가 두서너 개, 흩어진 공간좌표…… 나는 자전거를 탄 집배원에게서 하아얀 인상착의서를 한 장을 건네받고 만다…… 이 시대의 사람이 아니잖아. 전세기前世紀로 전화를 걸고 싶은데 몇 번을 돌리면 되는 거지? 안달의 무릎을 가진 아틀리에가 허위의 돌쩌귀를 문지르고 있는데 검은 목소리는 퍼져 오르며 출렁이는 비릿한 하늘가에서 소녀가 발을 잠그려고 한다. 까치발을 딛고 선 가녀린 모세혈관—참고 열람실, 물사마귀의 윗도리가 혼자서 히죽 웃고 있는 곁으로 피곤한 어깨의 변증법은 등줄기가 매끄러운 긴장한 샌들을 신고서 하이얀 차림의 외출 시각을 자르고 있다.—그때 나의 사랑은 레일 위에 나가 눕고 기차는 당나귀처럼 껑충거리고 팻말 가까이에선 나비들이 아침 7시를 뽑아내고 있다.

—「걸음걸이의 충단면」 전문

들뢰즈가 말한 '착란'처럼 이선외의 시는 무의식을 시 전반에 배치한다. 그의 시는 무의식의 극단을 통해 시어와 의미를 동시에 해체한다. 그리고 여기에서 더 나아가 시가 드러내고 있는 세계 자체를 무너뜨리려 한다. 이선외의 시적 무의식은 텅 빈 세계를 추구하기보다 시적 감각과 이미지가 가득 들어찬 세계를 추구한다. 그리고 그의 시적 감각과 이미지는 끊임없이 다른 세계로 나아가기를 희망한다. 그런 가운데 시적 감각과 이미지는 서로 다른 세계를 호명하며 해체되기에 이른다. 그리고 이렇게 해체된 세계는 우리를 무의식의 세계로 안내한다. 그것은 마치 혼돈 속에 나타나는 어지러움처럼 우리의 의식을 와해시킨다.

이선외의 시에 나타난 시적 정황은 지속적으로 변주되며 예측할 수 없는 지점을 보여 준다. "지하철의 붉은 스타킹"이 "점토 공작실의 코르셋"으로 이동하고, "로댕의 손"은 "붉은 혓바닥"과 "레몬 장수"로 전이되며, "화살에 감긴 연둣빛 발목"은 "기왓장"과 "수학 선생"과 "공간좌표"를 호출한다. 이와 같은 낯선 전개는 시 전반을 지배하며 작품 전체에 무의식이 세계를 만들어낸다. 그것은 자동기술의 감각을 동원하며 우리에게 쇼크의 경험을 전달한다. 이선외의 시는 초현실주의의 기법을 적극적으로 수용하고 있다. 초현실주의의 주요 기법인 자동기술법(Automatism), 데페이즈망Depaysement, 콜라주Collage 등을 적극적으로 수용한다. 등단 이후 줄곧 초현실주의를 탐문해 온 시인은 한결같은 새로움 속에 언어의 자리를 마련하고자 한다.

보숭보숭 솜털이 덮인 보수적인 창고에서 나는 태어났다.

뻬쩨르부르그행 열차 창의 그 인상적인 방진防塵고무와 꼭같은

얼굴의 소년, 모닥불,

남은 행복을 모닥불에 그을리면서

그녀의 가슴은 온통 선로투성이가 되고

북극의 연기가 밀려다니면

우린 거기다 뜨거운 교각을 세우고

검은 머리숱을 드리운다.

60년간의 자맥질

너의 손은 만灣이 깊은 나의 해안에 닿아있고……

테가 메워지지 않은 네 얼굴

노란 안개를 바위로 누르지 말아야 한다, 필리쁘브나!

그녀의 두 눈엔 하얀 해안선의 파도가 옮아가는데

삶이란 이미 삶아진 달걀이다.

다운타운에서는 무릎 나온 메시지들이 기하학적인 형이상학의 손잡이를 불태우면서

유령처럼 자유로운 사랑의 자세를 찾아가고 있다. 지금쯤

봉숭아의 씨앗처럼 깨끗한 울음을 터뜨릴 수 있는 은밀의 버섯이 있다면

정신과 육체와의 사이가 좋은 밤의 갈피에다

검은색이 들여다뵈는 투명한 망토를 입힐 텐데

　　　　　　—「머리핀을 사고 벽화를 보러 감」 전문

현대성은 비극을 전제로 한다. 현대성을 기반으로 한 시적

전위 역시 비극적 인식을 근간으로 한다. 이선외의 시적 전위는 바로 이와 같은 현대의 비극성을 기저에 깔고 있다. 시인은 "보숭보숭 솜털이 덮인 보수적인 창고에서 나는 태어났다"며 비극적 삶의 애초를 이야기한다. "보수적인 창고"에서 태어난 '나'의 운명은 슬픔과 비애이다. 그런 슬픔과 비애의 가운데 "그녀의 두 눈엔 하얀 해안선의 파도가" 서글프게 옮아가고, "삶이란 이미 삶아진 달걀"이라는 허무가 쏟아진다. 물론 작품 속 비극성은 완전한 나락으로 떨어진 것만은 아니다. "유령처럼 자유로운 사랑의 자세를 찾아가고 있다"처럼 일견 희망이 보이는 듯도 하다. 하지만 이러한 희망은 슬픔과 비애 속에 있는 작은 흔적일 뿐이다. "투명한 망토를" 입는 순간에도 "검은색이 들여다"보이고 "봉숭아의 씨앗"과 같은 깨끗함은 "울음을 터뜨"리는 장면과 연결되는 것처럼 시의 기본 정서는 슬픔과 비애이다.

주로 하늘

논문

칼라 전문의

위胃

외자

좌측통행 무시

삐끗해진 마음

철책

검은 손수건만 한

자부심

자르르

천진스런 머리

간판처럼 나붙여진

세상의 내벽內壁으로

보니까 애인의 안경이

단풍나무에 커다랗게 위험하게

부풀려진 손끝

상象

"헐리고 없더라"

농아학교

고본古本

하얀색 엄마와

어제의 빛에 싸인

황당한 환기창같이

새로운 소녀는 검은

바위에 발가락을 잘라 말려

두곤 햇빛 속을 항상 다닌다

　　　　　　　—「석문石門을 향해 빨리 걷기」부분

　　이선외의 시는 영상조립시점을 통해 언어와 감각을 분절
시킨다. 영상조립시점은 분절된 언어와 정황을 통해 새로운
감각을 만들어내는 창작 방법론이다. 서로 어울리지 않는 시
적 대상과 정황이 하나의 작품에 나온다는 점에서 영상조립

시점은 초현실적 특성이 강하게 드러난다. 이선외의 「석문石門을 향해 빨리 걷기」는 영상조립시점을 통해 초현실적 특성의 전위를 전면에 내세운다. 마치 프레베르의 「메시지」를 보는 것처럼 각각의 시적 대상과 정황이 분절되어 있다.

「석문石門을 향해 빨리 걷기」는 '하늘-논문-전문의-위-외자-좌측통행-마음-철책-자부심-머리-안경-단풍나무-손끝-농아학교-엄마-환기창-소녀-검은 바위' 등으로 전이되며 조각난 세계를 이어간다. 영상조립시점은 조각나 파편화된 시어와 정황을 조립하여 새로운 감각을 만들어낸다. 이렇게 만들어진 감각은 시인의 의지에 따라 정교하게 구축된 산물이 된다. 조각난 정황이 그것들을 관통하는 중심축을 따라 일관된 세계를 재현하기 때문이다. 「석문石門을 향해 빨리 걷기」 역시 "석문石門을 향해" 걸으며 보이는 것들을 통해 비애라는 일관된 정서를 드러내고자 한다.

쉬르리얼리스트 Meret Oppenheim의 그림이랑 시를 보았다. 그리고 아이들과 뒷동산에서 9월과 잠자리의 알 낳는 소리를 보았다. 그리고 4개월 정도 된 갓 임신한 젊은 여성이 운동장을 가로지르는 모습을 봤다. 그리고 나는 그늘에서 모든 것을 포용하고픈 기지개를 켰다. 내게 금단은 사라졌다. 구속감 같은 것도. 돌아가는 길에 유리컵을 하나 사겠다. 국화를 사서 투명하게 물에 잠긴 귀여운 줄기를 물어주겠다. 교훈적인 밤, 밤 냄새가 나는 저녁 바람, 나는 갑자기 시커매진다. 한 줌의 그을음이 돼버린 나는 방문을 열고 들어가 쓰러져 버린다. 어떻게 일어날 수 있을까. 가늘게 단속적으로 이어지는 의식의 단편만이 나의 동질성을 이어가고 있는 메마른 시간이 방 안에 가득하다. 나는 불안하고 동시에 알지 못한 심연이 내 몸 속으로 기어드는 느낌 때문에 견딜 수 없이 안정을 향해 몸부림을 친다.

―「수탉의 나라에 갔을 때」 부분

아가씨, 「퇴역장군」 한 잔 줘. 너무 거품 없게. 거친 식사를 알지 못하고 꼭 1시간 전에 도착해 본댔자 아무도 그의 윗수염을 폭포수 위에 갖다 놓고 희박해진 침착성의 쌍둥이를 안고 깡충깡충 뛰어 거리를 가로지르는 여인을 뚫어지게 바라보는 일은 없이 시작됐다. 물끄러미 짧고 빽빽한 젊은 광장은 궁지에 몰린 아이처럼 어느 산의 코안경에 악착같이 매달려 있을 것이다. 광채의 계산과 빈틈의 귀부인은 늘 그렇듯이 알뜰한 페시미스트와 현기증의 정원에서 불거진 감지덕한 무릎을 하얀색으로 조아리고 소용돌이의 팔을 잡은 채 밀리고 밀리면서 여물어간다.

―「주註 62-63」 부분

현대성이 지배하는 세계는 무가치하고 무심한 일상이 지배한다. 마찬가지로 현대성을 말하고자 하는 예술은 무가치하고 무의미한 일상을 앞세운다. 무가치하고 무의미한 일상을 통해 유의미한 지점을 포착하는 것이 현대성의 언어이다. 그런 점에서 전위를 내세운 이선외의 시가 일상을 드러내는 것은 자연스럽다. 이때 시인은 시적 대상에 감정 이입을 최대한 억제한다. 철저히 시적 정황의 바깥에 남음으로써 시인은 타자가 되고자 한다. 이러한 타자의 음성은 쓸모없는 것들을 무감각하게 되뇌는 것처럼 무미건조하다.

「수탉의 나라에 갔을 때」의 '쉬르리얼리스트의 그림이랑 시를 보았다'거나 "아이들과 뒷동산에서 9월과 잠자리의 알 낳는 소리를 보았다"는 모든 것에 초연한 태도를 가지고 있는 자의 심정을 담고 있는 것처럼 느껴진다. 그리고 이런 심정은 이후에도 지속적으로 이어진다. 「주註 62-63」 역시 아무것도 아닌 것만 같은 삶이 펼쳐진다. 시인은 삶의 덧없음과 무상함을 잘 알고 있기에 이와 같은 초월적 태도를 보여 줄 수 있는 것이다. 그러나 이런 태도는 절망이나 극한의 슬픔과는 다른 양상의 감정이다. 그것은 절망과 슬픔마저 초월했기에 나올 수 있는, 통찰의 또 다른 어법이기도 하다.

1.
밤, 광화문 역사驛舍 부근.
세종대왕동상이 보이고 나서, 방향을 돌리면 서울역 지나 어떤 차량기지.
화면 가득히 여러 개의 선로가 엉켜 번질거린다. 등을 보이고 서있는 남자
앞쪽 어둠 가운데 역무원들의 대기실
카메라는 남자의 어깨선을 탐색하여 팔과 손으로 미끄러져 내려간다.

쥐었던 손바닥을 펴면 손금 따라 먼 곳으로부터 번갯불의
오버랩.

손 안에서 작은 메모지가 불탄다.

…(중략)…

22.

낮, 다시 실내.

젊은이들은 홀 안에서 제작기 번갈아가며 포옹을 나누고
자기 방으로 들어간다(문은 닫지 않는다).

두 남녀가 서로 안은 채 방으로 들어간다. 문을 닫으려는 남자

(여자 목소리) "열어 둬!"

남녀 포옹한 채 방안에서부터 홀에까지 뒹굴며 나온다.

여자는 계속해서 뒹굴기를 원하고, 남자는 섹스를 원한다

여자의 머리가 테이블 위에 격렬하게 얹히고 남자는

컵의 물을 여자 얼굴에 붓는다.

여자를 강아지처럼 집어들고 방으로 들어가는 남자. 문을
닫는다.

(여자 목소리) "열어 둬!" 발길질로 문을 박차고 연다

분노로 가득 찬 여자 얼굴

작은 의자를 남자에게 집어던진다.

남자가 다친다.

테이블에 모두 둘러앉는다.

부상당한 남자에게 박수를 보내며 반창고를 바르고……

그를 바라보는 여자의 눈에 적요.

일어나 남자에게로 간다.

손을 내밀고 그를 이끌고 간다.

—「씨네버스 2-바-11」 부분

　이선외의 시집에서 눈길을 끄는 것 중 하나로 극시를 들수 있다. 시집 『우리가 뿔을 가졌을 때』는 초현실주의로부터 극시에 이르기까지 다양한 시적 실험을 전개한다. 우리나라의 극시 또는 시극은 근대문학이 시작된 이래 지속적으로 창작되어 왔다. 일제강점기에 이미 극시가 발표되었고 최근까지도 이어져 왔다. 하지만 우리나라 시문학사에서 극시가 차지하는 비중은 미미하다. 또한 시극이 무대에서 공연되는 사례도 드물다. 그러나 극시는 시와 희곡의 결합이라는 독특한 양식만큼이나 충분한 개성을 지닌 장르이다.

　이선외의 극시는 시집 전반의 성격과 부합하는 형식과 내용으로 이루어졌다. 역사성이나 사실성에 기대기보다 현대성을 기반으로 하여 창작되었다. 전위의 감각이 지배하고 있는 「씨네버스 2-바-11」은 한 편의 부조리극처럼 펼쳐진다. "검은 리본"으로 대표되는 비극적인 도시적 삶을 근간으로 하여 부조리한 세계 인식을 드러낸다. 또한 시적 전위와 극적 서사가 한데 어우러져 만들어내는 이야기는 충만한 상징과 파괴된 서사의 아름다움으로 가득하다.

　초현실주의는 지나간 미적 경향처럼 보이기도 하지만 끊임없이 새로운 지점을 향해 나아가고자 한다는 점에서 현재

진행형인 미의식이다. 초현실주의가 한국 시사의 주류는 아니었지만 이와 같은 시적 전위는 지속적으로 나타났다. 전위가 시 언어를 다루는 방식은 언어와 의미 사이의 간극에 있다. 리처즈는 '병치된 두 사물이 멀리 있을수록' 시적이라고 말한다. 초현실주의는 이러한 리처즈의 시 이론에 부합하며 시어와 시어, 문장과 문장 사이의 간극을 넓히려 한다. 그리고 이렇게 벌어진 언어는 낯선 정황으로 전이되며 기이한 시적 이미지를 만들어낸다. 어쩌면 초현실주의 시가 추구하는 간극의 미학은 예술의 본질이라고 할 수 있을 것이다. 그런 점에서 이선외의 시 언어 역시 낯선 풍경을 만들며 하나의 매혹적인 개성이 되기에 이른다. 아름답고 낯선 세계를 펼쳐보이며, 그 어떤 매혹과 신비는 비로소 우리 앞에 모습을 드러내기 시작한다.

작은 불꽃과 뿔을 가진 젊은 시인의 꿈

서길헌(조형예술학 박사)

세상은 겉보기에 말끔하고 이성적인 듯하지만 엉뚱하고 부조리한 일들이 더 많이 일어난다. 사리에 어긋나거나 터무니없는 일을 보면 사람들은 이성의 판단력으로 바로잡으려 한다. 이러한 이성의 잣대를 잠시 내려놓으면 세상은 보다 더 꾸밈없는 모습을 드러낸다. 대개의 사물은 언제나 타성적으로 자신의 모습에만 갇혀있기 때문에 저절로 또 다른 무엇으로 전환되는 일은 좀처럼 일어나지 않는다. 그러나 사물들이 이성의 분별력을 벗어난 곳에서 전혀 다른 방식으로 서로 만나면 그 자체만으로도 새로운 충돌의 불꽃을 튀긴다. 현실은 전혀 다른 현실과의 접속을 통해서만 새로운 가능성의 차원으로 전환된다. 세계를 전환하는 힘, 그것은 꿈이다.

오늘날에는 속도와 효율을 앞세운 디지털의 편의성에 힘

입은 꿈 없는 이미지들이 사방에 넘쳐 난다. 상투적으로 파편
화된 이러한 이미지들은 각자의 필요성에 따라 그때그때 서
로 부딪히고 결합하지만, 본래의 이미지가 지니고 있던 순수
한 상상력은 그만큼 빛이 바래고 생기를 잃는다. 무상의 아
름다움을 낳는 사물들의 순수한 만남은 현실 속에 넘치는 수
요에 봉사하는 이미지의 범람 속에 소외되어 간다. 꿈이 설
자리는 이제 모두 어디로 사라진 것일까.

　돌아보면 유럽에서 초현실주의가 등장하던 시기에 다수의
예술가들에 의해 예감되었던 문명의 임계점에서 일보의 진전
도 없이 80년대의 한국이라는 시공에서도 여전히 사회와 문
화의 모든 분야에서 상상력의 통로는 단단하게 얼어붙어 있
었다. 거기에 일말의 숨결을 불어넣었던 젊은 시인이 초현실
주의적 상상력을 소환하여 출구 없는 현실에 꿈과 무의식의
전복적 통로를 틔우려 했던 이선외였다.

　　내가 작은 폭포의 불꽃에 달라붙은 봄의 귓불에서 미성의
　시를 캐듯이.
—「델리케이트한 용접」 부분

　　살 깊은 황혼에 파이프라인을 박으며
　　눈이 부은 겨울을 뚫고 나가는
　　착암기와 맹렬한 어깨를 걸고
　　메마른 미래의 허리춤에
　　사고뭉치의 숟가락을 매달았지

날아라, 찰랑찰랑, 철럭철럭

우울한 대들보엔 검은 비둘기 떼

붉은 뺨 초록 안경 80마일

―그래, 고리를 꼭 잡어 그레고리!

그리고, 날아!!

―「그레고리 응원」 부분

　이선외의 시에 나타나는 이와 같은 독특한 세계에는 시인 고유의 몽환적 상상력이 빚어내는 낯선 이미지들이 세계를 장악하고 있는 완고한 이성의 성채에 균열을 일으키며 날카로운 빛을 발한다.

　50년대에 활동했던 〈후반기〉 동인의 한 사람인 '조향(趙鄕, 1917-1984)' 시인을 주도로 1976년에 결성되어 80년대 중반까지 꾸준하게 펼쳐졌던 초현실주의 문학예술연구회의 소그룹 운동은 한국문학사에서 다소 예외적이면서도 특기할 만한 자리를 차지한다. 비록 당대 한국문학에서 주류는 아니었지만 이들은 주류 문학에서 지나간 사조라고 치부하고 있던 때늦은 초현실주의 미학을 과감하게 재수용하여 문학과 예술의 화두로 삼았다. 여기에는 현대 예술의 흐름과 이론에 밝았고 당대 한국의 꽉 막힌 문학 풍토에 염증을 느끼고 있던 '조향'이라는 개성 있는 시인의 주도적 역할이 지대했다. 또한 그에 못지않게 이를 적극적으로 지지하고 자기화하여 특색 있는 시들을 발표한 회원들이 꽤 여럿 있었는데 그중에서도 이선외의 능동적인 시작 활동은 주목할 만했다. 그녀는 자신의 무의식적 프리즘을 투과하는 삶과 세계의 어두운 상황들을 경쾌하고 유희적이며 그로테스크한 자기만의 초현실적 언어 회로를 통해 포획하려 하였다.

> 레코드판 위에서 잔잔한 박수 소리로 메꾸어진 깃발이 모여든다. 거기 두 개의 손이 태어나지만 손목과는 아무런 인연이 없다. 그것의 성은 식물이며 손가락의 마디마디엔 7개의 눈썹이 싹터 있다. 말 말자, 그 버릇없음이란…… 꼭 눈동자의 앞장을 서겠다니…… 내 차라리 200마리의 당나귀를 키우고 말지
>
> ─「정밀한 폭포」 부분

직관적으로 발화되는 그녀의 이러한 생생한 언어들은 이성으로 포장된 기성 세계의 질서에 대한 시니컬한 투정이자 저항이었다. 그것은 이성의 기저에 가라앉은 시인의 무의식에서 분출되는 주술적인 언어의 힘으로 동시대의 삶과 세계의 숨겨진 얼굴을 적나라하게 까밝히며 답답한 현실의 빗장을 해제하는 자동기술적 주문이기도 했다.

그녀의 시들에는 보고 듣고 접촉하는 일상 속의 적나라하고 암울한 현실이 무의식에서 길어 올린 언어들의 표면 위로 고스란히 떠오른다. 의도적으로 정제하지 않고 얻은 날것 그대로의 언어들이 위계적으로 서로 어긋나는 논리 회로를 타고 만나면서 무의식 속에 흐르는 내면의 풍경을 오롯이 드러낸다. 거기에는 의식의 흐름으로 이어지는 연속적인 발화로

부터 구축되는 어떤 우울하고도 경이로운 이미지들이 주파수에 접속하는 순간 섬광을 발하며 연쇄적으로 폭발하는 시한 폭탄처럼 내재되어 있었다. 그녀의 이러한 시들을 기존의 전통적 시를 대하듯이 모종의 인과관계의 고리를 찾아 읽어서는 그 의미를 탐색하기가 어려워진다. 시인의 감각적 시점을 따라가며 전방위적으로 지각되는 무의식적 도취에 동화되지 않고서는 이러한 시들은 쉽사리 독해되지 않는다.

> 손톱 끝 안테나까지 열이 오르고
> 촛농처럼 뿔이 녹아 스며들었다
> 네게로 옮아가 움이 나려면
> 인간의 시대 아닌
> 고사리의 시대처럼
> 새파람에 뽀얗게 돋아나려면
> 나는 다시 뿔을 잃고
> 따뜻한 삐죽이별은 어느 마을에 떠오를까?
>
> ─「우리가 뿔을 가졌을 때」 부분

80년대 한국문학에서 시의 주류는 지배 체제에 대한 저항이나 사회의 모순에 대한 문제 제기를 목표로 하는 참여시와 개인적 감수성에 기반한 순수시로 불리는 것들이 대세였다. 그러나 대부분의 시들은 기본적으로 기존의 낡은 사회와 문화의 테두리에서 벗어나지 못한 채 여전히 상투적인 양식을 답습하고 있었다. 이선외는 근본적으로 그러한 맥락을 따르지 않는 가운데 젊은 시절부터 전혀 다른 영토에 발을 디디고 있었다. 비록 시기적으로 지나간 사조인 초현실주의라는 방법론을 차용하긴 했지만 그녀는 출발선에서부터 초현실주의의 미학을 개인적인 저항의 표현 양식으로 받아들여 일반적인 시들과는 전혀 다른 독자적인 시적 성취를 일궈냈다.

거기에는 '데페이즈망'이라는 초현실주의 기법을 적극적으로 활용한 세계에 대한 전복적인 시선의 전환이 있었다. 데페이즈망dépaysement은 불어로 고향에서의 추방이나 낯선 느낌을 뜻하는 단어인데 초현실주의자들은 그것을 일종의 '낯설게 하기'의 방식으로서 일상적인 사물들 사이에 존재하는 기존의 관계성을 해체하고 그 대신 기이하고 야릇한 관계를 맺어주는 개념으로 사용했다. 즉 사물들이 있어서는 안 될 곳에 있으면서 평소와는 다른 맥락에 자리하는 상황을 의미한다. 그 결과 사물들은 기존의 쓰임새를 잃고 하나의 순수 대상인 오브제objet가 되어 합리적인 인식을 초월한 새로운 관계의 감각 세계 속에 편입된다. 초현실주의의 선구자로 평가받던 로트레아몽의 유명한 구절 '박쥐우산과 재봉틀이 수술대 위에서 우연히 만난 것처럼 아름답다'고 한 것이 그 전형적인 예이다. 이선외의 시에서도 이와 같이 의미 기호로서의 전위차가 큰 언어들의 극적이고 대담한 결합을 통해 나타나는 신선한 초현실적 이미지들이 세계에 대한 새로운 시선으로서 작용하는 데페이즈망의 미학이 적극적으로 활용되었다.

나는 손끝부터 발끝까지 쭈욱 펴 늘인 채 필름 속에 감겨

웃고 있는데 세 개의 별과 하나의 다리가 엉켜있는 무지개의
속살을 떠내고 거기 검은 고약을 넣지 않겠어요? …(중략)…
굴속처럼 어두운 나의 내일은 혼자서만 빛을 내며 타들어 가
버리는 버찌의 맛을 지니게 되겠지만 만년설에 덮인 성性의 터
널을 어떻게 하면 빠져나갈 수 있죠? 나는 또 하나의 무덤 속
에 있는 것만 같아요.

—「터널 안의 노숙 보고서」 부분

  한국의 현대사에서 여러 의미에서 특별한 시대였던 80년
대의 암울한 분위기는 자연스럽게 그녀와 같은 시인의 의식
에도 무거운 그늘을 던졌다. 오랜 유신시대가 지나고 잠깐
찾아왔던 서울의 봄을 지나 다시 한번 길게 유예된 민주화는
또다시 사람들의 의식이나 무의식 속에 어두운 그림자를 드
리웠다. 시인들은 여러 가지 방식으로 시를 통해 권력의 독
주에 저항하는 목소리들을 쏟아냈다. 그러한 외적이고 직접
적인 저항의 형식을 따르는 대신에 이선외는 세계를 향한 보
다 더 근원적인 도발을 택했다. 그것은 진부한 세계를 지탱
해 주는 기존의 체제에 대한 근본적인 환멸과 부정이었다.
이선외에게 있어서 그것은 세계와 상황에 대한 언어의 전복
과 반발로서 시의 중심에 자리한다. 미지의 대상을 향한 말
걸기나 독백과 같은 무의식적 진술의 행간에 얼어붙은 체제
와 보이지 않는 기성의 질서에 저항하는 예리하고 은밀한 함
의를 숨기고 있었다.

나는 워리카로 워리카는 바웬사로 바웬사는 소금 궁전으
로 소금 궁전은 거리로 내다 앉았다.
　권총 F로 허리를 졸라맨 f 부인들의 유령이 점령한 거리에
　최후로 남겨진 한 사람의 양심적인 각료는 올 가을걷이에
서 네 가마의 고뇌와 석 섬의 반짝이는 어리석음에 단풍잎과
팥을 얹어 공출했다.

—「주소 변경」 부분

　지금도 서울은 끊임없는 재개발로 쉴 새 없이 외관을 바꿔
가고 있지만, 80년대에도 이미 도처에서 자행되는 무분별한
난개발에 의해 대다수 서민들의 삶의 터전은 수시로 난데없
는 낯선 풍경 속에 던져지곤 했다. 오늘날 극단적으로 변모
해 가는 도시에서 문득문득 기이한 초현실적 풍경들이 목격
되는 것처럼 당시에도 일방적인 도시화 정책은 하루가 다르
게 기묘한 풍경들을 낳았다. 그러한 환경으로부터 항상 소외
되는 사람들은 늘 고단한 삶을 사는 대부분의 서민들이었다.
　당시 그녀가 살았던 회기동 또한 그러한 곳이었다. 더러는
복개된 곳도 있었지만 그대로 드러난 뒷골목의 개천에는 오
수처리가 안 된 하수가 그대로 쏟아져 나와 여기저기서 악취
를 풍기며 검은 물이 되어 흐르고 있었다. 그곳에 떠다니는
각종의 쓰레기들 가운데 때로는 버려진 쇼파 하나가 물속에
반쯤 잠겨있기도 했다. 그 모습은 우울한 시대의 민낯을 보여
주듯 매우 을씨년스러운 풍경을 연출했다. 이에 아랑곳없이
텔레비전에서는 항상 아름답고 희망찬 미래를 노래하고 있

었다. 무엇인가 삶의 실질적인 일상을 가리는 불온한 환상이 관제언론이 조작하는 가짜 이미지들을 통해 끊임없는 비현실적 거대 담론을 확대재생산했다. 또한 장중한 음악 속에 수평선 위에 천천히 떠오르는 대기업의 로고와 같은 피상적인 상업적 이미지들이 현실 속에서 사람들의 의식을 장악하고 있었다. 이것들은 표면적으로는 희망찬 미래를 약속하는 이미지들이었지만 하루하루가 고단한 서민들이 나날이 부딪히는 실제의 현실을 은폐하고 왜곡하는 프로파간다이자 가짜 이미지일 뿐이었다. 이미 현실 자체가 거대한 데페이즈망, 즉 낯선 환경이 되어가고 있었던 것이다. 이러한 허위는 정치권력뿐만 아니라 기존의 질서를 유지해 온 모든 분야에 팽배해 있었다. 삶의 유토피아를 꿈꾸는 시인 이선외에게 이러한 출구 없는 현실은 침울하고도 낯선 저항적 상상력을 부추겼다.

넘치는 장미 덩굴과 까마득히 담이 높은 집들의 상수도 공사 준비 위원들과의 마주침 그리고 빼앗긴 아버지와 도랑에서 비굴하지 않은 마음 삶아지지 않는 겨울 하늘의 벼랑에서 떼어진 뗀석기의 깊은 퇴적층이 내 마음의 깃 빠진 돌쩌귀에 꽂혀 자유의 담석膽石이 자라고 있다. (뭉게클뭉게클로하게뭉클게) 준비 위원석으로 올라가는 비탈길에서 키스, 몸서리치며 낙엽이 우리를 보고 뭉클거리다 잠시 후 가만히 매달린다. 담장에 휘파람의 탯줄이 엉켜있는 냄새나는 마을에서 파편이 떨어져 내리며 다이너마이트를 터뜨리는 광산 할아버지의 고함 소리에 섞어 우리는 돌 비탈에서 진한 고민의 진귀한 서캐

덩이를 주웠다. 선명한 광맥에 단단히 싸인 것, 그리고 아버
지와 도랑에서 나눈 도시락

―「파스텔로 칠해진 채굴(採掘)」 전문

　자신의 의지와 무관하게 왜곡된 현실적 상황에 포박된 채
허위의 이미지들에 무방비하게 노출된 시인에게는 시를 통해
이러한 세계를 초월하는 길밖에 없었다. 이는 곧 데페이즈망
의 미학적 전복을 통한 새로운 세계에 대한 가능성으로 나타
났다. 그것은 무녀가 접신 상태에서 숨겨진 세계에 대한 밑
도 끝도 없는 사설을 풀어놓듯이 무의식에 기반한 자동기술
에 의지하여 거침없는 진술로 허황된 세계의 기반을 들추어
내는 시인의 신탁이었다. 이와 같이 이선외의 시에서 억압적
인 현실을 뛰어넘어 또 다른 현실을 펼치는 장치로서 데페이
즈망은 매우 효과적으로 작용했다. 이를 통해 그녀는 현실에
서 출발하여 현실을 부정함으로써 초현실적 합일에 이르는
시적 성과에 도달했다. 그것은 바로 앙드레 브르통이 초현실
주의 선언에서 언급한 현실과 의식의 종합을 통해 초현실이
라는 현실의 정수에 이르는 길이었다.

　내 우울의 밝은 방목장에서 피어난 수북한 황혼의 수모를
위하여, 절단기에 걸쳐진 빗방울과 빛 방울 그리고 빛 방울의
침대를 위하여, 고물상을 덮치려는 어떤 여인의 눈사태를 위
하여, 푸른 나비의 금빛 Paranoia을 위하여, 따블로를 가
로지른 우산은 발톱으로 검은 웃음을 낚아챈다. 웃음이 발톱

에서 출발하여 12개의 허벅지를 거슬러 아래쪽으로 처박히
듯 뽑힌 갈비뼈를 타고 오를 때까지 밤은 아직 와선 안 된다.
　　　　　　　　　　　　　　　　　—「웃고 싶은 우산」 부분

　물론 초현실주의라는 사조는 서구에서 이미 20세기 초에
휩쓸고 지나간 것이어서 전혀 새로운 것은 아니었다. 그리고
한국에서도 모더니즘 시대의 몇몇 시인들에 의해 이미 오래
전에 잠깐씩 형식적으로 시도된 바 있었지만 그다지 큰 반향
을 일으키지 못한 이른바 철 지난 유물이었다. 그러나 역사
적으로 초현실주의를 태동시킨 유럽의 맥락을 벗어나 이후에
이미 한참이나 현대사로 진입한 한국에서 이를 재수용하는
것을 단순히 시대에 역행하는 행위라는 시각으로만 보아서는
안 될 것이다. 그것은 초현실주의가 이미 현대 예술의 한 특
성으로 재맥락화되는 부분을 간과하는 것이다. 이를테면 현
대사회로 급격히 이행하면서 사회 문화적으로 다양한 무질서
와 아노미에 맞닥뜨린 80년대의 한국이라는 시공간은 초현실
주의를 낳은 유럽의 시대적 상황과도 공유할 만한 증세적 요
소가 넘쳐 났고, 이에 대한 반발로서의 초현실주의는 이후에
등장하는 해체주의나 포스트모더니즘과 같은 현대 예술적 흐
름의 전초적인 성격을 띤다고 볼 수도 있기 때문이다. 이러한
맥락에서 앞서 그들이 취했던 미학적 전망을 시대와 공간에
맞게 변용하여 수용하는 일은 많은 의미를 내포한다. 앙드레
브르통이 초현실주의 선언에서 밝힌 바에 충실하여 당시 조
향 시인이 강조했던 것처럼 초현실주의는 문명을 막다른 길

로 내몬 절대적 합리주의의 지배로부터 해방되어 정신적 자유에 이르는 길이었고 이를 통해 현대를 새로운 눈으로 응시하는 유효한 틀로서 작용했기 때문이다.

이미 알려진 바와 같이 초현실주의는 현대 예술의 다양한 분야에 알게 모르게 광범위한 영향을 미쳤다. 그중에서도 그것은 특히 미술과 시에 뿌리 깊게 투영되어 있다. 화가 프랜시스 베이컨은 고대 그리스 때부터 위대한 작가와 예술가들은 초현실주의자적인 측면을 가지고 있었다고까지 말할 정도였다. 예술사조로서의 초현실주의는 이미 퇴조하였지만, 이미 그 초기의 선언이 제기한 이성과 합리성을 기반으로 한 기존 질서의 한계에 대한 저항과 대안이라는 정신적 유산은 여전히 유효했다. 초현실주의자들은 이성의 통제에서 자유로운 상상력에 많은 의미를 부여하여 자동기술처럼 자연스럽게 분출하는 이미지들의 잠재력으로부터 많은 것을 얻었다. 그러나 차츰 초기의 선언적이고 독단적인 시각과 태도에서 벗어나 무의식이나 꿈으로부터 얻어낸 초현실적 이미지들을 좀 더 섬세하고도 다양한 방식으로 종합하고 자기화하는 예술가들이 나타났다. 그중에서도 앙드레 브르통이 적극적인 지지와 찬사를 보낸 시인 중의 하나가 프랑스의 여성 시인 조이스 만수르(Joyce Mansour, 1928-1986)였다. 그녀는 우아한 초현실적 이미지들이 미묘한 울림을 갖는 시들을 썼으며 자신의 시를 사랑과 죽음, 기쁨과 고통, 고뇌와 욕망에 대한 일종의 액막이로 삼았다.

나는 정원에 아이의 손을 심었어요.

꽃이 만발한 나무로 가득한 그곳에

벌레가 우글거리는 창백하게 병든 아이의 손을

악취가 나는 땅에 잘 파묻었어요.

나는 거기에 물을 주고 흙을 북돋우고

이름을 지어주었어요

그곳에서 삶의 광채로 빛나는

처녀가 자라나리라는 것을 알기에

그 오래된 장소에 대한 새로운 믿음을 가지고.

　　　　　　　　　　　—조이스 만수르, 서길헌 번역,

　　　　　　　　　　　「나는 정원에 아이의 손을 심었어요」

　한때 이선외는 초현실주의 문학예술연구회 동인지 『아시체』에 게재된 조이스 만수르의 이 시를 읽고 크게 공감한 뒤 그녀에게 오마주하는 시를 쓴 적이 있었다. 거기에는 시인으로서의 자신의 운명에 대한 존재론적 진술이 초현실적이고 시청각적인 이미지를 통해 효과적으로 드러나 있다. 이러한 지점에서 또한 이선외의 초현실주의 시는 새로운 시각으로 평가할 만한 풍부한 내적 울림을 얻고 있다.

　나를 심어봐

　죽은 내게 수의랑 입히지 말고

　구덩이에 세워서 나를 묻고서

　물뿌리개로 물을 뿌리고

마른 수건을 덮어줘

여서이레쯤 잠을 자고 나면

무슨 싹이 나올지 알아맞혀 봐

왜냐하면 나는 지금 와들와들 떨리거든

종아리 아래 발치로 묵직한 기운이 몰리고

쟁쟁 꽹과리 소리 멀리서 들려와

모두들 멈춰봐

나 지금 몹시 떨리거든

시를 쓸 때.

　　—「무녀가 되고파」 부분(프랑스 여류 초현실주의 시인 조이
스 만수르Joyce Mansour의 시 「나는 정원에 아이의 손을 심었
어요」에서 연상된 이미지에 답함.)

　어떤 면에서 이선외의 시들의 밑바탕에 은연중에 깔려 있
는 남성중심적 세계에 예속된 존재로서의 억눌린 외침은 여
성으로서 조이스 만수르의 '절규(Cris)'나 실비아 플라스(Sylvia
Plath, 1932–1963)가 보여 주었던 '거대한 조각상(The Colos-
sus and Other Poems)'으로서의 남성 중심의 전제군주적 세계
에 대한 뿌리 깊은 저항과도 궤를 같이한다. 이성과 합리성
에 기반한 기성의 질서란 결국 확고부동한 남성 위주의 체제
가 견고하게 짜놓은 위계질서이고 여성들은 그 그늘에서 알
게 모르게 희생을 강요받아 왔던 존재들이다. 가정과 삶, 나

아가 세계의 안정과 평화를 위해 전적으로 헌신해 온 쪽도 항상 여성들이었다. 그러한 성(gender)의 기울어진 위계질서에 대한 시인의 저항이야말로 세계의 변혁을 위한 보다 근본적인 태도였다.

그녀의 시는 이런 측면에서 자유를 강조하고 당시 한국에 만연해 있던 가부장적이고 전제적인 권위에 저항하는 근원적 부정을 통한 미학적 합일의 세계를 지향하고 있다. 이 점에서 그녀의 시는 한국의 페미니즘 시운동의 성취를 미리 보여주고 있다. 초현실주의가 초기부터 프로이드의 무의식에 관심을 가지고 인간의 숨겨진 욕망에 관심을 두고 그것을 이성이나 의식적인 세계와의 변증법적 종합을 통하여 새로운 세계에 대한 꿈으로써 지향했던 것처럼 이선외가 80년대에 발표한 시편들에는 그 시대에 여성으로서의 한계에 대한 우울한 절규와 호소, 그리고 기득권이 쌓아 올린 요지부동의 질서에 대한 조롱과 빈정거림에 의한 파괴를 통해 새로운 세계의 싹을 틔우기 위한 씨앗으로서의 초현실적 이미지들이 시한폭탄처럼 내재되어 있다. 그것은 반항의 작은 불꽃과 뿔을 가진 젊은 시인의 빛나는 꿈이었다.

천년의시인선